曹阿娣 著

你笑起来真好看

中国纺织出版社有限公司

内 容 提 要

　　初中生吴泽俊因为从小缺少父母关爱、家庭教育缺位，产生了严重的自卑心理和忌妒心理，从而在学校与老师作对，不能与同学和睦相处，甚至产生自残行为，给自己和家人、同学带来了严重的伤害。班主任王老师发现了这一情况，和心理老师、同学一起帮助吴泽俊认识自己的心理问题，和他做朋友，使他逐渐敞开心扉，建立自信。吴泽俊渐渐感受到来自亲人、同学、老师和社会的关爱，融入了集体生活，还给患白血病的同学捐献了造血干细胞，成了学校的名人，也成长为一名身心健康的少年。本书旨在帮助有自卑心理的青少年正确面对自身的心理问题，通过正确的方法重拾自信，也呼吁家长一定要关注孩子的心理健康，在成长的迷茫期与阵痛期用爱来引导孩子健康成长。

图书在版编目（CIP）数据

　　你笑起来真好看 / 曹阿娣著 .-- 北京：中国纺织出版社有限公司，2020.10
　　（心中的萤火虫：青少年心理治愈丛书）
　　ISBN 978-7-5180-7838-7

　　Ⅰ.①你… Ⅱ.①曹… Ⅲ.①故事—作品集—中国—当代 Ⅳ.① I247.81

　　中国版本图书馆 CIP 数据核字（2020）第 171856 号

策划编辑：李满意　胡　明　　责任编辑：张　强
责任校对：王花妮　　　　　　责任印制：王艳丽

中国纺织出版社有限公司出版发行
地址：北京市朝阳区百子湾东里 A407 号楼　邮政编码：100124
销售电话：010—67004422　传真：010—87155801
http://www.c-textilep.com
中国纺织出版社天猫旗舰店
官方微博 http://weibo.com/2119887771
天津千鹤文化传播有限公司印刷　各地新华书店经销
2020 年 10 月第 1 版第 1 次印刷
开本：880×1230　1/32　印张：6.5
字数：98 千字　定价：30.00 元

凡购本书，如有缺页、倒页、脱页，由本社图书营销中心调换

目录

Contents

引子　/001

1　"怪胎"　/002

2　孤雁　/015

3　困境　/029

4　友谊　/059

5　拼搏　/080

6　误会　/102

7　本质　/126

8　亲情　/147

9　转变　/167

10　奉献　/194

引子

我们学校初中三年级的学生吴泽俊为患了白血病的同学捐献造血干细胞，引起了很大的轰动。这事要是发生在别人身上，也许不算什么。但吴泽俊能这样做，真是不可思议，要知道，吴泽俊过去的绰号叫"怪胎"，性格孤僻，与其他同学格格不入。老师们认为他有心理障碍，人格不健全。可后来，他像变了一个人，变得热爱生活，学习认真，待人真诚，成了学校的明星。

我是我们学校校刊的主编。校长认为吴泽俊的事迹能引起老师、家长、学生对心理教育的重视，让我去了解一下吴泽俊转变的经过，写一篇文章登载在校刊上。

"怪胎"

我几次约吴泽俊见面,想采访他。他不愿见我,总是躲避我。我只好暂时不正面接触他,去找他的同班同学侧面了解。在班主任王老师的安排下,我见到了他们班上的李睿。李睿像个小大人,很健谈,他拉开话匣子滔滔不绝。

我叫李睿,是班长。您要问吴泽俊以前在学校的表现,我可以给您说说,但不一定全面,过去我和他接触得少,不是十分了解他。和他关系最铁的是宋毅,他们算得上是哥们,简直形影不离。他比我了解吴泽俊。但宋毅现在还在休病假,来不了。

讲老实话,过去我讨厌吴泽俊,因为他脾气很古怪。不是我一个人这样认为,大家都认为吴泽俊是个怪人。他

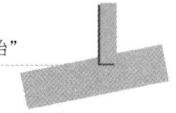

"怪胎"

不会笑，同学们都说没有看见他笑过。

生活中那么多有趣的事，那么多值得高兴的事，一个人怎么能不笑？我们教室里总是笑声不断。有时，同学们笑得前仰后合，甚至笑得肚子痛，直喊"哎哟"，吴泽俊站在那里无动于衷，没有丝毫表情，脸上的肌肉一动不动，像冻僵了。有的同学猜测说这是遗传基因引起的神经问题，吴泽俊的身上天生缺少幽默细胞。有的同学说是肌肉问题，他一定心里想笑，只是脸上肌肉不会动。

那次，学校举行篮球赛，虽说每个班只有几个人上场打，其他同学只能当啦啦队队员、送送水、参加后勤工作，但大家都积极参与。结果，我们班夺得了初一年级冠军，同学们欣喜若狂。认为这是我们全班同学共同努力的结果，是团队的光荣。大家高兴得把球队队员抬了起来，有的同学拍着桌子扯开嗓门唱"Go! Go! Go! Ole ole ole……"连苏倩那样文静的女孩子都站在课桌上，挥舞着围巾，忘情地享受胜利后的喜悦。可是，我发现吴泽俊丝毫不受大家情绪的感染，他似乎是个木头人，既听不到声音，也看不见教室里发生的一切，歪着身子靠在墙壁上，昂着头，眼睛漠然地盯着他右上方的屋角。那神气分明在说：这有什么好高兴的，真奇怪！

戴靖夸张地对我说:"李睿,我真服了吴泽俊,他怎么就能绷得住不笑呢?"

吴泽俊还不爱说话,吝啬语言的程度,比财迷心疼钱还过分。我现在想不起他以前对我说过什么,对其他同学说过什么。老师有事询问他,他总是用世界上最简洁的词汇"是"或"不是"来回答,绝不肯再多说一个字。

他整天板着一张脸,乌云密布,像在琢磨什么,又像心里藏匿着多少不可告人的秘密、埋藏着多少害人的阴谋诡计一样。

他不爱说话又不笑,让人怕他,没人敢接近他。谁愿意和一个沉默寡言、居心叵测的人待在一起,不憋死才怪。班上的女同学背地里偷偷叫他"怪胎"。老师说过不许给同学起绰号,我没出面制止是因为他从来不把我这个班长放在眼里,连正眼也不瞧我一下。

大人们常说:一个篱笆三个桩,一个好汉三个帮。我们在学校读书也要和同学搞好团结,要有团队精神。只要你有朋友,遇到难处时,就不会一个人去面对。

那次,戴靖的妈妈突然病了,戴靖的爸爸因为支边远在千里之外的西藏工作。是我叫来几个同学帮戴靖把妈妈送进医院,给他爸爸打电话。他爸爸还没有赶回来的日子

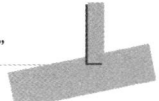

"怪胎"

里,放学后大家又轮流去戴靖家帮忙做饭、送饭、洗衣、收拾屋子。当然这些事女同学做得多,我们男同学只站在旁边助威,嘴巴上使干劲,当当监工。

后来,戴靖的爸爸回来了,看到戴靖的妈妈已经住进了医院,病情得到控制,家里又干干净净,井井有条,悬着的心才落了地。他拍着我们的头,一遍又一遍夸我们有团结互助精神,有爱心。

那次,黄皓打篮球崴了脚,医生给他打了石膏绷带,一个月脚不能着地。他每天只能坐在轮椅上。是我们天天轮流接送他,把他抬进二楼的教室,使他没耽误一节课。一个月后,当他能下地走路时,他悄悄地对我说:"医生如果不给我拆绷带就好了,让我还享享坐轮椅的福。大家抬着我,前呼后拥,我像电视里的皇帝一样,多威风。"这个家伙,净想些不靠谱的事。

我们常因为这样的小事体会到班集体的温馨,感到同学的可亲可爱可信可靠。好多不可以和爸爸妈妈说,不可以和老师说的事,却可以告诉同学,甚至在教室里公开讨论。

可是唯独吴泽俊享受不到集体的温暖,得不到同学的帮助。

那天考数学，吴泽俊忘了带笔，他把书包里的东西全倒出来堆在课桌上，一遍一遍地翻找，就是找不到笔。他前后左右的同学视而不见，埋头做题，谁也不向他伸出援助之手。后来，他干脆不找了，挺直身子坐在座位上，像是和谁赌气。

陈老师看到了，走过来问："你怎么啦？"

他没有回答老师的问话。

陈老师又问："你没有带笔？"

这次他不但不回答老师的问话，还把头扭向一边，摆出一副桀骜不驯的神气。真是怪人，你自己没有带笔，怪谁？

陈老师终于弄明白了原因，就向其他同学求助："哪个同学有备用的笔，借给吴泽俊用用吧。"

本来我想借笔给他，见他这个样子，我才懒得管这事。大家全都和我一样，埋头考试，谁也不搭腔。

陈老师走了过来，顺手从何宇的文具盒里拿了一支笔，说："你有备用笔，借他用一用吧。"

何宇一把抢过笔，塞进抽屉，又埋头去做题目。

陈老师向四周看了看，很多同学有备用的笔，但没有一个人愿意借给吴泽俊。他只好到办公室取来自己的笔给

"怪胎"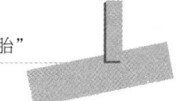

吴泽俊用，吴泽俊这才开始考试。

事后，陈老师把这事告诉了王老师。说我们班同学集体排斥吴泽俊，孤立吴泽俊。

于是，王老师马上找我谈话，了解吴泽俊的情况。

"你们是不是因为吴泽俊老实，有点排斥他？"老师用了"你们"这个词，矛头指向也包括我，带有批评我的意思。

"怎么怪我？我总想接近他，是他不理我。"我大呼冤枉，"就是其他同学也没有故意排斥他，是他自己故意游离在班集体之外。"我没有忘记替其他同学开脱。

"路上遇到不认识的人有困难，你们都应该帮助他，何况他是你们的同班同学。他就那样讨厌？"王老师态度咄咄逼人，大有我这个班长不称职的意思。

我抓了抓头皮，想了一下说："过去他遇到困难，有人想帮助他，他反而给人难堪，让人下不了台，后来他再碰到为难的事，谁也不愿管他了。谁都有自尊心，不愿意去自讨没趣。"为了印证我的说法，我给王老师说起去年的一件事。

我们来自不同的小学，去年刚升入初中，对原来不是自己一个学校的同学不了解。

不久，学校要举行广播操比赛。我们班上的体育委员黄皓鼓励大家夺取第一名。但其中有几个动作一点不整齐，得请人来规范统一。大家一商量，准备利用午休时间请三年级的大同学帮我们。因此，黄皓要求全班同学不回家吃午饭，交钱给生活委员，由生活委员苏汝琴去学校食堂订盒饭。

细心的苏汝琴收完钱后，发现吴泽俊没有交钱。她是个善解人意的女孩，估计是吴泽俊身上没有带钱，又不愿意找同学借，就自己掏腰包帮他垫了钱，替他订了一份饭。

到了吃午饭的时候，几个同学去食堂把盒饭抬来。因为平时很少有机会在一块儿吃饭，大家感觉特别新奇，一哄而上，一人抢一盒，津津有味地吃起来。

吴泽俊却趁大家乱哄哄的时候不声不响地出去了。

最后剩下两盒饭，苏汝琴把一盒放在吴泽俊的课桌上，自己端了一盒，站到一伙女同学中间，边吃边说话。

吃饭的速度有快有慢，吃得快的同学吃完后三三两两去操场，这时吴泽俊从外面进来。一眼就看到了课桌上的盒饭，大声问："这是谁的？拿开拿开！"

"那一份是你的。"苏汝琴笑嘻嘻地回答。

"我没叫你给我订饭。"吴泽俊十分不友好，凶巴巴

"怪胎"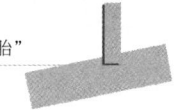

地说。

"是我帮你订的。"苏汝琴一点也不计较他的态度,心平气和地解释。

"你凭什么做我的主?我没要你订,不会出钱的。"

"不就是十块钱吗,我帮你出好了。"苏汝琴轻松地说。在她看来,只要你不生气就行,她就有这样好的脾气。

谁知就为了这句极平常的话,吴泽俊怒发冲冠。他挥手把课桌上的盒饭扫到地下,口里嚷嚷:"谁要你出钱了?你有钱爱显摆上别的地方显摆去,别到我面前摆阔!"

吴泽俊这突如其来的爆发让苏汝琴始料不及,让她脸上下不来,她感到非常难堪,一时又气又急又不好意思,哭了起来。

我认为这是吴泽俊多心,把别人的好心当歹意,就批评他说:"吴泽俊,这是你的不对,赶快向苏汝琴赔礼道歉!"

吴泽俊根本不把我的话当回事,轻蔑地看了我一眼,扬长而去。让我也下不了台。

本来,大家刚到这个学校,对吴泽俊没什么印象,说不上好,也说不上不好。发生了这件事,同学们对吴泽俊有了看法，都觉得吴泽俊不讲道理，脾气暴躁。以后就悄悄留意他，于是又发现他非常孤僻，从不和人交往。

吴泽俊拒绝同学们的帮助，同学们也对吴泽俊敬而远之。

王老师不以为然地说："这只能说明吴泽俊的脾气不好。老实人有时也有脾气。"

"他老实？哼！"我用鼻子表示反对，"他可不是老实人。那次戴靖从他旁边经过，不小心把他的书弄到地上，戴靖马上弯腰去捡书，可他站起来二话没说，就是一拳，打在戴靖的脸上，鼻子都出了血。戴靖才真正老实，没有还手。同学们打抱不平，怂恿戴靖在放学的路上揍他一顿，还承诺帮戴靖。戴靖不想把事情闹大，反而息事宁人地说：'你们不是叫他怪胎吗，不怪才不会有这样的绰号。算了，算了。'"

"这只能说明他脾气不好。我发现一般性子急的人心眼好。人都有好的一面和坏的一面，你们要全面地看待一个同学，不要老盯着别人的缺点。"王老师还是帮吴泽俊说话。

"才不是这样呢，我再说一件事给你听，看你还说不说他心眼好。"为了否定王老师的说法，我把刚刚发生的一件事告诉王老师。但这事只凭猜测，没有当场抓住，本不应该说出来。我觉得：学生在老师面前没有不可以讲的事，就是讲错了，老师也不会抓小辫子。就斗胆把这件事给捅了出来。

几个月前，杨锐锋的叔叔送给杨锐锋一部手机。这部智能手机照相能美颜，照出来的人个个像影视明星。下课后，杨锐锋给很多同学拍了照。有人说照片留到几十年后再拿出来，特别有纪念意义。

戴靖出洋相，还把纸条贴在脸上当胡子，眯着眼睛，拿书当照片，说："你们看，我小时候多爽，多酷。"逗得大家哈哈大笑。

杨锐锋见大家这样高兴，答应回家后把大家的相片存到U盘里，送到照相馆去冲洗，然后送给大家。

这下大家的兴致更高了，有的人拍了好几张，几乎每个人都拍了。

可是，第二天杨锐锋一脸的沮丧，说昨天谁把他的手机砸坏了。他回忆，给大家拍照后，他就把手机放到抽屉里，再也没动过它。回家后，他上电脑想把照片转到U盘上去时，发现手机根本不能用了。再一检查，手机有被砸的痕迹。他把手机掏出来给大家看。

戴靖看了看手机，说："呀！边都破了，好像是故意砸坏的。"

"其实我们家也有这样的手机，我爸爸不让我拿到学校来，就是怕弄坏了。"有人说。

"查出来是谁砸坏的，一定让他赔。"大家一个个义愤填膺，纷纷要求追查肇事者，追究责任。

"我们拍照是第三节课下课后，第四节课是体育课，我们到操场上去了，体育课后我们就回家了。"苏倩回忆说。她的逻辑思维能力最强，说话有条有理。

"没有全部去，我看见吴泽俊向老师请假，说他肚子痛，不去上体育课。"有人说。

这下大家都不说话了，你看着我，我看着你，心照不宣，谁也不能把心里的话说出来。因为，这只是推测，谁也没有亲眼看见。

我联想到平时常有同学的珍贵物品，无缘无故地被弄坏，可又抓不到人的现象。

王老师听完这件事，还是批评我说："不能这样去怀疑一个同学。再说，他为什么要砸坏别人的手机，这对他有什么好处？"

"除了他，没有人会这样做，因为只有他没有照相。而且体育课只有他在教室里。"我坚持自己的看法，"他妒忌

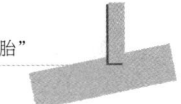
"怪胎"

别人照了相,把相片删了就行了,干什么还要弄坏别人的手机?!"说起这事,我特别气愤。

"他不会这样做吧?"王老师也犯嘀咕,口气不那么肯定了。

"假如,我只是说假如,相机是他砸坏的,你说这人是不是可恶,大家会不会喜欢他?"

"没有假如,我们要尊重事实,没有证实之前,你刚才的想法可不能乱说。"王老师纠正我。

这时上课铃声响了,王老师问我:"我们班有没有和吴泽俊从一个学校来的同学?"

"好像只有宋毅。"我也不能十分肯定。

我没有告诉王老师,大家都叫他"怪胎"。我怕老师批评我,王老师已经在班会上禁止给同学取绰号。

心理医生提示:

　　一个小学生,应该阳光、开朗、活泼、无忧无虑。大家都愿意把他们称为"祖国的花朵",可见他们是多么生机勃勃,多么让人喜爱。

　　但是,班长李睿的口中,吴泽俊不爱说话,大家想不起他和谁说过话。他不爱笑,班级在比赛中得了冠军，同学们欣喜若狂，他却无动于衷。他性格孤僻，对待同学粗暴，为一件小事，他也挥拳相向。他不愿和同学们往来，苏汝琴为他订了午餐，他不但不感谢苏汝琴，反而对她发脾气。戴靖不小心把他的书弄到地上，马上帮他捡，可是他二话不说，把戴靖打得鼻子出血。同学们甚至怀疑他因为忌妒别人，而暗地里弄坏别人的东西。这样一来，同学们有意无意地孤立他，考试时，他忘记带笔，同学们谁也不愿意借给他。

吴泽俊身上表现出来的这些都是不正常的。

我们不妨推想，吴泽俊的成长中一定出现了什么问题。

孩子的成长，涉及方方面面的因素。从教育学原理上来说，一个孩子的成长，离不开社会、家庭、学校三方面的教育。只有社会、家庭、学校形成的一个立体的有机教育体系，才能使孩子正常地学习、生活，才能让孩子形成健全的人格和优秀的品质。

孤雁

和我交谈的第二个人是吴泽俊的班主任王老师。

王老师四十来岁的样子。她非常关心吴泽俊，说起吴泽俊为同学献血的事，她很激动。

我是吴泽俊的班主任，也教他们班的语文。吴泽俊今天能给杨书娴捐献造血干细胞，我们在他的身上花的心血没有白费。不是我危言耸听，过去他可是个心理扭曲、心态不正常的孩子。

初一的时候，我没有重视吴泽俊，这是我工作上的疏忽。每当我们接手一个新班时，有一个不成文的做法，首先抓的是两头。第一是发现学习尖子，树立榜样，重点培养；第二是严格看管第二种孩子，这些孩子学习成绩不好，毛病多，常常暗地里恶作剧，作弄别人，甚至有攻击行为，老师要防止发生事故；第三种孩子成绩平常，遇事顺从别人的意志，随大流。他们不大引人注意。吴泽俊属于第三种人。他不大爱说话，我对他没有什么印象。

那天数学老师告诉我，说班上的学生有排斥吴泽俊的现象，这才引起我的注意。

我没有马上去找吴泽俊谈话，而是先在暗地里观察他。我发现吴泽俊一天到晚耷拉着脑袋，脸上表情阴沉，很少离开座位，下课也坐在座位上看书，写写画画，从不和同学交往。我几次故意从他身边经过，他从来不理我，埋着头看他的书。眼光总是躲躲闪闪，如果发现我在注视他，他会下意识地往课桌下面缩，很不自在。我有一种这样的感觉：这孩子想把自己藏匿起来，他不想出现在大家的视线中。

我找班长李睿了解情况。照李睿的说法，吴泽俊受到孤立，不是同学们的问题，问题出在吴泽俊自己身上。

和李睿谈话后，我的心情有点沉重，一个人思考了很久。

在学校里，一个学生不受几个同学喜欢是常事，因为人人有个性，人以群分，性格相近的或者是爱好相同的学

孤雁

生走在一块，那是正常的。但是，一个人不受全班同学的欢迎，那这个同学本身一定有什么问题。他自卑、多疑，不和其他同学交往，说明他心理产生了偏差，不正常。我考虑吴泽俊是不是受到过心灵伤害，引起心理障碍。

现在的孩子比我们小时候复杂多了。我们读初中时单纯得像张白纸，在家听爸爸妈妈的，在学校听老师的，老师家长怎么说就怎么做，理解也执行，不理解也执行，从不敢越雷池一步，很少有自己的主张，有自己的意志。

现在社会发展了，科技也进步了，孩子们的生活条件好，接触的东西多，大多数人家里有电脑，大人都有手机。孩子们的知识不但来自老师和书本，也来自社会、电视、网络。他们的知识面广，上至天文气象，下至海底世界，大到联合国开会的议题、中东战局，小到水果要不要吃皮、过夜茶能不能喝，什么事他们不知道？！他们遇事有主见，不轻易听人摆布。

全班五十个学生，表面上看个个聪明可爱。可是据李睿反映，吴泽俊的性格特别孤独暴躁。我认为应该抽时间去做家访，和家长沟通，商量着及早对症下药，因材施教。因为他们这个年龄段是性格和人格形成的重要阶段，我们要把它当大事抓。听说宋毅是吴泽俊的小学同学，我就准备找宋毅了解他的家庭情况。

宋毅是我们班公认的好学生,是学校的德育示范生,大门口橱窗里挂着他六寸大的相片。他不但行为规范,什么坏事与他都不沾边,而且成绩优异,性格好。老师同学没有不喜欢他的。

宋毅长得胖胖的,戴一副近视眼镜,衣着整齐干净,文质彬彬,坐在我的对面,双手放在膝盖上,笑眯眯地看着我,等待我问话。别人只要一看他坐的姿势,就知道这是个有教养的孩子,让老师放心省事。

"宋毅,读小学时你和吴泽俊是一个班吗?"我问。

"是一个班。"

"你了解他吗?"

宋毅偏过头去想了想,然后说:"可以说了解他。因为我们不但在一个班,而且,他和我外婆住在同一条街上。我常去外婆家玩。但我们不是朋友,除了在路上碰到了打个招呼,很少和他说话。"宋毅说话很有分寸。

"那你把你知道的,关于他的情况说一说。"

"老师,你要知道哪方面的?"宋毅一脸认真地说。

我笑了,刚才的提法是太笼统了。和这种有教养的孩子说话,表达一定要准确。我说:"那你先说说他家的基本情况。比如家里有些什么人，都干什么工作。"

宋毅告诉我，吴泽俊家现在只有奶奶，他爷爷早死了。他奶奶有四个孩子，只有吴泽俊的爸爸是儿子，其他三个都是女儿。

"从前，吴泽俊的奶奶不住在吴泽俊家，住在他姑姑家。我们小时候很少见到他奶奶。"宋毅说。

"那他奶奶为什么不住吴泽俊家？"我们当地的风俗，母亲一般都和儿子住在一起，不住女儿家。

"和吴泽俊的妈妈合不来，经常吵架。我碰到过他们打架。吴泽俊的奶奶骂吴泽俊的妈妈，他妈妈把他奶奶推倒在地上，两个人都好凶。"大概回想起来还觉得大人打架的场面有趣，宋毅笑了起来。这时他露出了孩子的天真，不像个小大人。

我可笑不出来，一个学生生活在一个不和睦的家庭里，难免性格会扭曲，问题严重。于是我不自主地皱起了眉头，接着问："他爸爸是个怎么样的人？"

"他爸爸爱喝酒，喝醉了就找人打架。"宋毅看见我不高兴，就收起笑容，接着说，"经常被关在派出所，让家里人去保他回来。吴泽俊读四年级的时候，他爸爸因为酒后寻衅闹事，先打伤了别人，对方人多，追着打他，他从楼上跳下来，摔死了。"

我不由得抽了一口冷气，为吴泽俊担忧。

"吴泽俊的爸爸死后，家里就只剩下了妈妈。她妈妈在一家宾馆工作。后来他奶奶从姑姑家搬回来，这下家里可热闹了，他奶奶和他妈妈三天两头打架。再后来他妈妈丢下吴泽俊走了。现在他家只有他和奶奶两个人。"

"她妈妈去哪儿了？"

"不知道。吴奶奶从不去找，吴奶奶才巴不得她不回来。"宋毅的口气里有一些谴责吴奶奶的成分。

宋毅走后，我在办公室坐了一会儿，反省自己。吴泽俊在我们班已经几个月了，他不爱说话，平时也不多事，不给我找麻烦。我因为忙，老是抓一些浮在表面的事，工作不深入，没有注意这个不大起眼的学生，也没去他家做家访。所以不了解这个学生的不幸，对他缺少应有的关爱。通过宋毅刚才提供的情况，我觉得这是一个危险的信号，这个孩子可能有心理障碍。再进一步分析，我觉得吴泽俊的性格孤僻，原因出在家庭教育上。不和谐的家庭对他影响很大。很多问题少年，都是离异家庭的子女，或者是失去了父母的孩子。这些孩子缺少亲情，就像小树苗生长缺少阳光一样，性格容易扭曲。要帮助吴泽俊，就要尽快找

孤雁

到吴泽俊的妈妈，一个孩子是不能没有母爱的。

我决定马上采取补救措施，不管有多忙，一定要马上去吴泽俊家做一次家访。摸清他的家庭情况，争取和他奶奶达成共识，找回吴泽俊的妈妈，让她协助做好吴泽俊的教育工作。

第二天是星期六，我把要做的事全压下，去吴泽俊家做家访。

在我的学生情况明细本上，吴泽俊名下没有家长电话。我只好按地址去找。让我没有估计到的是，我一团热情，费尽周折找到他家，吴奶奶却不在，家里只有吴泽俊。

显然，吴泽俊对我的到来抱不欢迎态度。我进去后，他既不打招呼，也不搬凳子给我坐，把我晾在房间中央。自己远远地靠在门框上，像是无力站立，要寻找依托。他低着头看自己的脚，不时用眼角窥视我，一脸的抵触情绪，似乎在说：你来做什么？

这种冷遇让我尴尬，我宽慰自己说：吴泽俊是我的学生，就像我的孩子，跟自己的孩子是不必计较礼节的。

我像主人一样自己找了个椅子坐了下来，仔细打量这个大家都不喜欢的学生。

吴泽俊个子偏矮，不胖，属于精瘦的那种人。编座位的时候，编在左边靠墙那组的第一个。他的头发黑里泛黄，没有光泽，显得又硬又粗，让人想起做扫帚用的棕。同时，我发现他的脸上毫无表情，石板一块，你别想从他脸上发现什么。那双眼睛却不停地骨碌碌转动，眼神不像其他孩子那样清澈无邪，那样坦荡，很有内容。我一时也分辨不出眼神里的意思，像是警惕，又像是惶惑，似乎还有敌视的成分。不过，有一点我可以肯定，那就是吴泽俊的眼睛里表露出一种冷漠，拒人千里之外，不许别人靠近他。没有其他学生看老师时的热情和信赖。

我趁吴泽俊抬头的机会，主动用自己的目光去捕捉他的目光，想和他对上眼，交流一下感情。

可是，只要我用眼睛去看他，他就把头扭向一边，躲避我的目光，不肯和我对视。当我不看他时，他却又用眼角窥视我。

这让我很反感，也有压力，觉得这个孩子真的难以捉摸，更难沟通。

我不管这么多，反客为主，尽量口气婉转地问吴泽俊："奶奶不在家？"

"是。"吴泽俊回答。他连"的"字都不肯说。

"做什么去了？"

2 孤雁

他摇了摇头,表示不知道。一个字也不肯说了。

"你能把她找回来吗?"

吴泽俊想了想,一言不发,转身打开门走了。

我猜测他是找奶奶去了,但礼貌上你得先回答我的问话才能走。这个熊孩子,我只能在心里宽容他。闲着没事,我观察吴泽俊家的环境。

这是一套两居室的房子,家具简单,也干净。干净到几个房间的墙壁上找不到任何东西,既没有字画,也没有图片。现在的孩子都有自己的爱好,而且总是想办法表现出来。我那次去黄皓家,黄皓家的墙上到处贴满了篮球明星姚明的照片。连厕所门上,厨房的窗户上都是的。谁一进来,就知道这家有一个超级球迷。苏汝琴的小屋子里贴了许多歌星的演出照,连天花板上都是。苏汝琴解释说,睡在床上睁开眼就能看到自己喜欢的明星。

吴泽俊家什么都没有贴,他有什么爱好,别人无从知道,也许他什么爱好也没有。

不大一会儿,吴奶奶回来了。

吴奶奶很健康,嗓门大。她一进门就说个不停,不容我插嘴;"我知道,老师无事不登三宝殿,一定是泽俊在学校犯事了,老师上门告状来了。"她快人快语。

"老师上门做家访是正常的事,不是因为学生犯了错误老师才做家访。"我忙解释,让她别误会,"吴泽俊在学校表现很好,我这次是普访,来问一问吴泽俊在家的表现。本应该早就来的,事多拖到现在。"我也顺带对自己没有早来做家访做了检讨,我简单地介绍了吴泽俊在学校里的学习情况,说的都是他好的一面,比如作业按时交,听课认真,做值日生负责等。

　　"我们泽俊在家表现也很好。他从不出门,不给我惹事。只是他命不好,没有一个好妈妈。"不出三句话,吴奶奶就把话题往吴泽俊妈妈的身上扯,"说起这个女人,我就有气,她只图自己舒坦,丢下泽俊一个人跑了。泽俊要吃要穿要上学。我是一个退休工人,一个月才两千块钱的生活费,你说我多么不容易。他妈妈没寄回来过一分钱的生活费,连信都没有一封。这个臭女人,只知道生,就不知道养……"

　　"奶奶!"吴泽俊低声吼叫着,从语气上可以听得出,他已经忍无可忍,是在拼命压抑自己。

　　"不说,不说。她不要你,你还护着她。"奶奶终于停止了唠叨。

　　"能不能把吴泽俊的妈妈找回来?"我没有忘记这次来

的目的。

"上哪儿找去？她一走杳无音信，生不见人，死不见尸，梦都不给你一个。我也去过她娘家，她娘家人也说不知道她上哪儿去了……"

我知道，我跟这个年事已高，对儿媳妇一肚子怨恨的老人，说学校教育如何结合家庭教育是白费力气，只好告辞回家。最后，我对吴奶奶说："吴泽俊在学校里很听话，您放心。我走了。"

我出来时，吴泽俊站在门口，看了我一眼。我发现他的眼神里没有了敌意。心里一动，欣慰地想：是不是刚才自己表扬了他，消除了他的对立情绪？要是那样的话，说明这个孩子不像表面上那样什么都不在乎。一个人只要有上进心，就会积极向上，平时对他多肯定，让他感到来自社会和学校的温暖，他会向集体靠拢的。我告诉自己，一个孩子的成长离不开学校、家庭、社会三个方面的教育，吴泽俊的家庭教育存在欠缺，就得从其他方面弥补。顿时，我对教育好吴泽俊有了初步的设想，禁不住伸手去摸了一下吴泽俊的头。

吴泽俊头一偏，躲过了我的手，眼神中透露出厌恶与不耐烦。

他的眼神让我刚升温的一点信心冷下去，我预感到：要教育好这个孩子不是一件轻而易举的事，我将要花比对待其他学生多得多的精力。现在最大的问题是他对谁都存有戒备心，我一时很难接近他，无法和他沟通。班上只有宋毅和他是小学同学，我决定让宋毅先去接近他。

回来的路上，我回想起吴奶奶满脸的皱纹，心想：一个六七十岁的老奶奶抚养孙子，也真不容易。我们还能对她要求什么呢？可吴泽俊的妈妈在哪儿呢？她为什么不管自己的亲生儿子呢？我上哪儿能找到她呢？没有人能告诉我。

第二天，我找宋毅谈话，给他布置任务。

宋毅非常文静，他和吴泽俊之间肯定不会有矛盾。

和宋毅谈话之前，我特意在班会上花了二十分钟时间讲团结互助精神，我从战争年代地下党生死与共的合作，讲到和平时期人与人之间的友谊。还讲到了同学之间要互相帮助。看得出，大部分同学对我的话，一个耳朵进，一个耳朵出，根本没放在心上。只有少部分敏感的同学意识到是大家都不肯借笔给吴泽俊引来了我的长篇大论，所以，他们不时用眼光扫视吴泽俊，看吴泽俊有什么反应。

吴泽俊和平常没有两样，脸上木木的，不知他是否在用心听我讲的话，意识到我讲的这些与他有关。

孤雁

班会后，我把宋毅留下来谈话，把他的座位换到了吴泽俊的后面。交代他多接近吴泽俊，争取成为他的朋友。当吴泽俊遇到困难时，多帮帮他。而且，我郑重地对宋毅说："这是老师交给你的一项任务，也是老师对你的信任，希望你能出色地完成。"

宋毅一脸的庄严，像一个战士接受了光荣任务一样走了。多好的孩子，多纯洁的孩子。

当时我认为，吴泽俊看到宋毅坐到自己后面了，一定喜出望外，因为宋毅是个好学生，他从来不招惹别人，还特别肯帮助别人。如果遇到不会做的数学题可以请教他，更重要的是他不盛气凌人，吴泽俊对他不反感。

心理医生提示：

家庭教育对一个人性格的形成和发展具有重要和深远的影响。它的作用是社会熏陶和学校教育不可替代的。

人们常说一个温馨的家就像一个避风港，亲密和睦的家庭是孩子健康成长的摇篮。孩子在外面碰到不理解的事，回家来告诉父母，父母可以帮他找到答案；在外面受了委屈，回家和父母诉说，父母安慰安慰他，孩子可能消除自己的错误看法，回归到正常的情绪中来。

从王老师的谈话中，我们不难了解，吴泽俊的家庭不能给他提供这样的环境，反而给他带来很大的负面影响。更严重的是父亲酗酒，死得不光彩，给他造成很大的心理压力。这让他在人前抬不起头，产生自卑情绪，和别人在一些感觉有压力，精神紧张。久而久之，他用充满敌对的眼光来看待外部世界，易对人产生敌对情绪。

王老师及时发现了问题，她的思维方向没错。她采取了一些措施。她首先做的是通过学生谈话、做家访来了解吴泽俊性格形成的原因，后来又安排学生去接近他，关心他，帮助他，她的做法是正确的，但她一个人能力有限。当一个孩子发生心理问题时，必须全方位地对他进行帮助，需要很多人参与进来。这不仅仅是老师的责任，也是学校、家庭、社会的责任。

困境

和王老师、李睿谈话之后,我发现吴泽俊和一般的孩子不同,他有一个与别人不同的家庭。这更激起了我的创作热情,我决定和他当面谈谈他的家庭。

几经周折,我终于见到了吴泽俊。他很瘦小,浑身上下尚未脱离稚气。不出所料,他对我怀有戒备心理,一言不发,低着头不看我。我费了好多口舌,做了好多工作,都无济于事,没法消除他的抵触情绪。

我再三向他解释,我没有恶意。最后我说:"吴泽俊,我知道你有一个不幸福的家庭,你能告诉我,你小时候有过幸福生活吗?"

这个话题可能引起了他对过去的回忆,他终于说话了。

我记得我小时候有爸爸，有妈妈。四岁时我就认识好多字，会做二十以内的加减法，我是幼儿园老师的骄傲。因此，我只有五岁就上了小学一年级。别人经常在我妈妈面前夸我聪明，说我长大了一定会有出息。我妈妈就把我揽在怀里，亲着我说："宝贝，妈妈的宝贝。"那时我幸福极了。

我的爸爸魁梧高大，相貌堂堂，有份不错的工作，在火车站行李房收发行李。他手脚勤快，服务态度好，从未出过事故，和单位里的人相处得也不错。可是他有个致命的嗜好，爱喝酒，喝醉了就滋事胡闹。

我从小害怕爸爸，只要看见爸爸醉醺醺步履蹒跚地走过来，就吓得像小羊羔看见了狼一样浑身发抖。经验告诉我，得快点跑，跑慢了让爸爸逮着了，就会皮肉受苦。可是，恐惧总是让我迈不开步子。记得有一次，我不幸被喝醉了的爸爸逮到，他说我没有叫他，是瞧不起他，儿子瞧不起父亲得打，我被打得头破血流，右手手臂骨折。要不是妈妈回来了，赶快把我送进医院，说不定世界上现在就没有吴泽俊了。

爸爸酒醒后到医院来看我，医生指责爸爸，说这是家庭暴力，下次再这样，可要代我上法庭告他虐待儿童。

困境 3

妈妈哭着责问爸爸："他这么小,你怎么下得了这样的毒手,孩子有什么事招你惹你了?"

爸爸十分懊悔,他说他什么也记不起来了,当时怎么打我的,他一点印象也没有,好像他根本就没有干过这样的事。都是酒给闹的,酒是罪魁祸首。

我出院后,任凭爸爸怎样保证,怎么赌咒发誓,妈妈横下一条心,死活要和爸爸离婚。爸爸无计可想,只好把奶奶、姑姑他们搬来帮他求情。当着众人的面,一米七几的男子汉跪在地上,一把鼻涕一把眼泪,信誓旦旦保证说,再也不喝酒了。

在大家的一再劝说下,妈妈看在众人的面子上原谅了爸爸,同意不离婚,并和爸爸约法三章,爸爸再喝酒妈妈就离婚。

只要爸爸不喝酒,一家人就和和睦睦,日子还是挺好过的。可是,好日子没过多长时间,记不得是哪一天,爸爸又喝得酩酊大醉,眼睛发红,东倒西歪在街上找人打架。我远远地看着他,不敢过去。邻居都耻笑他,说他没有酒德,肚子里有酒虫,受酒虫控制,自己控制不了自己,没治了。

我以为妈妈这次一定会和爸爸离婚,我也希望妈妈和爸爸离婚，赶走这个让人讨厌的爸爸。谁知妈妈只是无可奈何地说："我拿他真是没辙了，再没有什么事可以吓唬他了。"

爸爸怎么是个这样的人？！我为爸爸感到羞愧，无地自容，不敢上前去扶他回家，也不敢承认自己是他的儿子。我的自尊心被爸爸的劣迹践踏在地上。我不敢和同学交朋友，常常远远地站在旁边看着他们玩，感到孤立无依靠。

虽说我在学校感到孤独，但还是觉得学校是个安全的地方。因为不管爸爸喝了多少酒，也不敢到学校来胡闹，就是来了，也进不来，学校有门卫。于是，放学后我常找理由在学校逗留，每天待到学校要关门了才离开。我看着那些无忧无虑的同学匆匆往家里赶，真羡慕他们：他们的爸爸不是酒鬼，他们不担心爸爸揍他们，放学就可以回家，家里有爸爸妈妈的爱在等着他。

那时，爸爸在我的心目中是暴君，是魔王。我怕他，平时尽量离他远一点，最好不看见他。

只有一次，爸爸感冒了，病得躺在床上不能动弹。爸爸让我去给他倒杯水。我把水递到他手上，他摸着我的头，笑着说："我的儿子长大了，能帮我干活了。"

爸爸的笑容像阳光一样灿烂，照亮了我的身心，我感

3 困境

到温暖、幸福。眼泪湿润了我的眼睛,我傻傻地想:要是爸爸老是这样病在床上,起不来,我就能天天见到爸爸的笑容。可惜这是绝无仅有的一次,让我常常怀念回味的一次。

后来,我从大人的闲聊中得知,爸爸人不坏,就是不能沾酒,他的血液中一旦有酒精的成分,他就变成了魔鬼,没有理智,只想揍人,别人的鲜血和哀号使他更兴奋,兴奋的他更加想要揍人。

不知从什么时候起,我的心灵中开始有了对酒的恨。当我从酒铺旁边经过,看见柜上的酒,就会产生一种说不出的冲动,恨不得跑过去把它们全砸在地上。看见杂志上印有酒的广告,我会马上把这页撕掉。我在心里无数次诅咒卖酒的人、酿酒的人。因为是酒害了我的爸爸,剥夺了爸爸对我的爱,破坏了我们家的幸福生活。

后来,这个讨厌的爸爸死了。他死的时候我才九岁,我对他的死一点也不难过,没有掉一滴眼泪,甚至有点庆幸,庆幸自己得到了解脱。我奇怪妈妈怎么会哭得那样伤心,她不是经常和爸爸打架吗?爸爸不是给她带来过数不清的麻烦吗?她不是曾经咒骂过要他去死吗?妈妈心太软,相比之下,我的心比妈妈的心硬得多。

爸爸死后，我过上了我想要的安静生活。放学后回到家，妈妈已经做好了饭菜等着我。我觉得家是那样的温馨、舒坦。

吴泽俊沉浸在对往事的回忆中，脸上露出甜甜的微笑，不说话，享受回忆带给他的温馨，回到了过去的日子。

我想：同学们不是说吴泽俊不会笑吗？他的笑虽然不灿烂，但是从心底里发出来的笑也很美。"后来呢？"虽然我很愿意他就这样一直笑下去，但不得不轻声地提示他继续讲他的家庭。

虽然我不爱说话，但我并不傻，心里还以为自己比别人聪明。别人的诡计我一眼就能识破，只是不说而已。爸爸死后，我家经济条件非常不好，同学们到一块总是炫耀自己家有钱。这让我非常反感、闹心。不知从什么时候起，我不自觉地站在大家的对立面，把周围的人都看成对手，包括老师、同学，暗地里和大家较劲，对着干。我当然斗不过他们，只好独自沮丧、自卑。

升入初中，我以为到了一个新地方，大家就不知道我爸爸是怎么死的，因为他死得不光彩。我怕别人问起，就

3 困境

远离同学们，独来独往，在惶惑中过了一段时间。不知为什么，同学们都不喜欢我，和我拉开了距离。

不知从什么时候开始，也不知为了什么，老师一双眼睛老是盯着我。王老师还把宋毅调到我后面的座位上。我认为她是想惩治我，找我的茬，监视我。不然，开学这么久了，还调什么座位？我才不怕呢。我虽然不乐意宋毅坐在我的后面，但也没有办法，因为我是学生。老师只对那些家里有钱有势的学生好，和他们关系亲密，下了课总和他们说说笑笑。老师从不拿正眼瞧我们这些没钱人家的孩子。唉，谁叫我生在这样的家庭，没有爸爸，家里一贫如洗。

现在，我知道当时我的这些想法是错误的，是我自己拒绝和同学们打一片，不能怪老师和同学。

一天在操场上，一个同学指着我告诉另外一个同学，说："就是他爸爸喝醉了酒，无缘无故把我叔叔打伤了，大家和他说理，要把他抓到派出所去，他逃到楼顶上往下跳，摔死了。"

那个同学用看怪物一样的眼神看着我，盯着我半天不移动眼睛。

刹那间，我像没穿衣服暴露在众人面前一样，无地自容。我偷偷扫视了一下周围,其他同学也在看着我。他们的眼光像尖针一样扎在我身上,我低下头,用最快的速度逃离了操场。

从此,我害怕到人多的地方去,害怕与别人相处。不敢和同学们多接触,总是离老师远远的。只要有不认识的同学走过来,我就逃,逃到没人的地方,我一个人待着才会稍稍心安。

学校里哪儿没有学生?教室里,操场上,礼堂里全是人,连厕所里都人碰人。所以,我惶惶不可终日。下了课,我坐在座位上,画地为牢,精神上与同学们隔离开来。

家应该是个最安全的地方。但妈妈后来整天愁眉不展,搞得家里阴云密布,压得我喘不过气来,也待不下去。这么大一个世界,我却找不到一个安静温暖的角落,一个让我栖身的地方。

我花了很多时间终于弄明白了妈妈愁眉不展的原因。现在,没有了爸爸那一份工资,妈妈一个人的工资要养活三个人——除了妈妈和我之外,妈妈还要月月要寄零花钱给乡下的外婆。后来奶奶来了,家里又添了一口人吃饭,于是妈妈常常捉襟见肘,口袋里没钱。妈妈变得小气起来,越来越爱唠叨。天天埋怨菜价涨了,电费比上个月多了几

困境

块钱。老提醒我不要浪费水，要随手关灯，节约用电。

我过去怎么没有发现妈妈这样爱唠叨，这么俗气？是妈妈变了，还是过去我没有注意到妈妈的这个缺点？

妈妈的做法不叫节俭，叫吝啬。我们家的剩饭剩菜从来不倒掉，留下来第二天她吃，第二天吃不完第三天吃。电视上说，剩饭剩菜产生亚硝酸盐，是致癌物质。我告诉妈妈，妈妈照样吃，我拿她一点办法也没有。我家的洗脸水，要用来洗衣，洗完衣后再擦地板。一张废纸，哪怕只有巴掌大一块，妈妈也要留着以后擦窗户上的玻璃用。上下班的路上，妈妈总是带着一个袋子，看见别人丢掉的矿泉水瓶、易拉罐，就跑过去捡。还不时去路旁的垃圾箱里翻，找能卖钱的废品。

一天，我和妈妈一块回家，妈妈看见马路对面的花坛上有一个矿泉水瓶子，她手里提着东西，让我去捡。这时，一个同学走在我们的后面，我当然不肯去捡，同学们知道我捡垃圾会笑话我的，多没面子。

妈妈不懂我的心思，不顾我的脸面，放下东西自己去捡。回到家里，妈妈指着瓶子教训我说："这是一毛钱。"

我正为妈妈当着我的面去捡矿泉水瓶烦躁，实在忍受不了妈妈的唠叨，从口袋里掏出一毛钱的硬币，狠狠地砸在桌上，说："你有完没完，不就是一毛钱吗！"

我的话让妈妈一怔，她气得发抖，扬手给了我一巴掌，说："捡5个这样的瓶子，就可以买一度电。没有电，你晚上怎么学习？"

这一巴掌把我给打蒙了，妈妈从来没有打过我。事后我琢磨，如果不重要，妈妈不会那样生气，可见一毛钱在妈妈心目中的分量。

这一切无情地告诉我，我们家穷，很穷。现在这个社会，穷是件丢人的事。同学们谁不夸自己家里有钱，谁愿意承认自己家穷。

同学们花钱就向爸爸妈妈要，他们的爸爸妈妈上银行去取，银行是他们家放钱的地方，我们家没有闲钱放在银行里，银行是为其他同学开的。如果大家都像我家一样，那就不必开银行，开了也没有业务。

妈妈常为钱唉声叹气，人也渐渐消瘦下来，后来晚上总是咳嗽，有时咳得喘成一团，伸不直腰，那样子实在难受。这时候妈妈会要我倒杯开水给她。从此，只要听到妈妈咳嗽，我就会倒好开水站在旁边等，我心疼妈妈。

更糟糕的是，奶奶的到来使这个已经风雨飘摇的家乱成一团。不知奶奶哪根神经短路，从姑姑家回来了。一踏

困境 3

进家门就和妈妈接上火,拉开了战争的序幕,从此家无宁日。

如果说奶奶是火,那妈妈就是水,水火不相容;如果说奶奶是龙,那妈妈就是虎,龙虎到一块没法和平共处。她们为一丁点事就吵,谁也不肯让步,谁也不甘示弱。过去,奶奶的儿子、妈妈的丈夫还在的时候,她们总还有一点顾忌,现在爸爸死了,她们撕破脸皮吵。

妈妈说:"你哪儿来,回哪儿去,这里没人愿意养你。"

奶奶说:"你凭什么不让我回来,这是吴家的房子,孩子是吴家的人。应该走的人是你。我要防着你改嫁,守着吴家的房子和人,不能让你带走。"

"别说我还没想改嫁,就是要改嫁,你也管不着。"

"管不着也要管。你试试。讲老实话给你听,现在泽俊没有长大,你还得给我们养着他,等泽俊长大了,我们就将你赶出去。"

她们挖空心思去寻找世界上最恶毒的语言伤害对方。这个时候她们根本就不记得我的存在,从不考虑我的感受。大的争吵三六九,小的争吵天天有。吵得鸡犬不宁,吵得我无处安身。我只能坐在角落里,瞪着惊恐的眼睛看着她们吵。这时我像个丧家的小犬，是那样弱小，那样无助。我不想听她们吵，既无法阻止，又没法逃避。她们的争吵声渐渐冲淡了我们心中的亲情。我的情绪总是那样坏，像阴沉沉的天，什么事也高兴不起来。

一天，妈妈没有钱买米了，对奶奶说："你也来这么久了，该交生活费了。"

"笑话，我上我儿子家来，还得交生活费？！"奶奶已经做好了战斗准备。

"你儿子已经不在了，我可不养活这么多人。"

"儿子死了，可他生前的积蓄还在。他活着的时候，两千多块钱一个月，他能花那么多？我现在吃我儿子的积蓄。"

"你还讲理不讲理？"说完，妈妈大哭着跑出去了。她第一次没有和奶奶对着干，自动投降败下阵去。

爸爸在世时，奶奶和妈妈吵，我不明辨是非，只知道一个是自己的妈妈，世界上最亲的人，自己的精神支柱；一个是奶奶，世界上对自己最好，常给自己买点心买新衣的人。我和爸爸一样，不偏不倚，保持中立。可这次不同，我觉得妈妈确实不容易，你看她瘦得只剩下一把骨头了。我在感情上倾向妈妈。我跟在妈妈后面往外跑，被奶奶一

困境

把抓住，拖了回来。

妈妈一走三天没有回来。

第三天晚上妈妈回来了，回来后直接进了奶奶的房间，跟奶奶摊牌。

"奶奶，"妈妈照我的口气叫，"以前的事我们不扯了，没法说得清，谁是谁非以后自有公论。问题是现在这日子没法过下去，我实在没有办法维持一家人的生活。你可不可以仍然住到你姑娘家去？"

奶奶一听这话，一跳八丈高，说："反了你了，你敢赶我走？门都没有。这是吴家，要走的是你。你走了，我照样把泽俊养大。你滚，你滚。"

妈妈好一会儿没有说话，最后，她叹了一口气说："也只能是这样了。"说完，她回到自己的房间里去了，顺手把我牵了进来。

妈妈流着泪，拉着我的手说："孩子，不是妈妈狠心要丢下你，妈妈实在没有办法。你奶奶逼着我走，我又不能带走你，因为吴家只有你这根苗，他们不会让我带你走。奶奶也是你的亲人，你是她唯一的孙子，她会对你好的。以后，你就跟着奶奶过吧。"

当时，我以为这又是妈妈的气话，妈妈不会真的这样做，就像那次要和爸爸离婚一样，她是吓唬奶奶的，也就没有放在心上，还有点嫌妈妈唠叨。

第二天放学回家，我没见到妈妈，心里一惊，才意识到妈妈真的走了。从那以后，我再也没有见到过妈妈，妈妈从我的生活中消失了，人间蒸发了。是奶奶赶走了妈妈，我有一点恨奶奶。那一年，我读小学六年级。

后来的日子，奶奶每天的功课是在我面前把妈妈骂一顿，骂她没良心，只顾自己，丢下儿子不管。我天天生活在奶奶的诅咒中，心中非常烦躁，却又没有办法让奶奶停止咒骂。

奶奶不是妈妈，她年纪大了，没有能力照顾我，好多事还得我照顾她，有时，她的衣服堆在那儿几天不洗还得我帮她洗。

我开始失眠，只要白天有什么事刺激了我，晚上我就会睡不着，睁大眼睛想妈妈。我的头脑中常出现这样的问题：妈妈现在什么地方？她真的像奶奶说的那样又嫁人了吗？她又有了一个新家吗？她的那个新家里有孩子吗？肯定有，她一定对他好，给他洗衣，给他做吃的，晚上陪他睡觉。难怪她丢下我，不要我了。不知她的咳嗽好了没有？要是再咳嗽，是不是有人给她倒开水？没人回答我。

困境 3

我想这一切都是因为没有钱造成的。假如我家有钱，妈妈就不会出走。

一天晚上，我做了一个梦，梦见自己碰到一个神仙，神仙给了我一大堆钱，数也数不清的钱。我高兴极了，用这些钱帮妈妈还清了债，妈妈快乐起来，搂着我，像小时候一样对我说："宝贝，我的宝贝。"有个孩子站在旁边羡慕地看着我们。妈妈想要和那个孩子说话，我用手去捂妈妈的嘴，对那孩子大声嚷嚷："这是我的妈妈，不许你和她说话，不许她爱你。"那个孩子不听，跑过来和我争妈妈，拖着妈妈的手往外走。我急了，也去拖妈妈的手，可是那孩子的劲非常大，我感觉到自己拖不过他，就大声呼救："爸爸，爸爸，快来帮忙呀！"

我被自己的哭声惊醒，睁开眼睛，哪里有爸爸，哪里有妈妈，只有窗外透进来的灯光淡淡地照在被子上。这时，我感到自己像一只孤雁，在天空中飞，找不到雁群，找不到栖息地。我突然刻骨地思念起爸爸来，我从来没有像这样感到过爸爸亲。心想，只要爸爸能活过来，自己就是天天挨打也比现在孤零零地躺床上没人管幸福。我也想念妈妈，但想念的同时也怨恨妈妈，你怎么狠得下心丢下我不管，世界上有这样的母亲吗？

  我无声地哭了，眼泪流湿了枕头。我觉得非常冷，冷得我的心紧缩成一团，我痛得抱着胳膊，蜷曲着身子不敢伸直。我从头底下抽出枕头，把枕头当成妈妈的胳膊，紧紧地抱在怀里，我用脸去轻轻摩擦枕头，想象这是妈妈的臂弯，我睡在妈妈的怀里。柔软的枕头给了我一丝丝温暖，我在这一丝丝暖意中慢慢睡去。

  后来，我也发现自己变了，变得对什么都漫不经心，提不起劲。我冷冷地看待身边发生的事物，一点也不感兴趣。

  现在是奶奶养我。奶奶是个退休工人，生活费只有一千多块钱。这些钱只够她自己花，要负担正在上学的我是不够的。加上习惯了天天劳动的她，不干活非常无聊，就天天和一些老人在一起打麻将消磨时光。老人们玩得不大，一天下来输赢也就十块八块。对别人来说十块八块钱不算什么，但是奶奶手上的钱是她和我买米买菜的钱。她打牌水平不高，手气也不好，有一天她输得口袋里一个子也没有了，只好带上我住到大姑家去。

  这算什么事，到别人家去吃蹭饭。我一千个一万个不想去，但没有丝毫办法，不去就没有吃的。

  大姑新买了一套三居室，房子宽敞干净。奶奶去了可

困境 3

以一个人住一间,我得和表哥住一间。

大姑和姑父都是老实人,看得出他们非常怜悯我这个侄儿,怕我刚来不熟悉环境,主动和我说这说那,给我买来新的被褥、洗漱用具。饭桌上给我夹菜盛汤。我从中感受到他们的一片心意,一些温暖,一些爱。我也非常感谢他们,但我不善于用语言表达,只是告诫自己不要给他们添麻烦。

姑父那天摸着我的头表扬我说:"这孩子听话,不多事。"

我虽不习惯这种亲昵,把头缩了回来,但心里很高兴。

不过让我隐隐约约担心的是,怎么才能和比我大几岁的表哥陈炜和睦相处。

我何尝不知道这是寄人篱下,在姑姑家是白吃白住,事事要小心谨慎,要夹着尾巴做人。我也知道陈炜是姑父姑姑的心肝宝贝,这个家的小皇帝,姑父姑姑整天围着陈炜转,什么事都要看陈炜的脸色,总担心陈炜不高兴,我更不能惹得陈炜不高兴。

刚来的第一天,我为了讨好表哥,走过去对表哥友好地点了点头。对我来说,主动和人打招呼,这已经是勉为其难了,这不是给逼出来的吗!

谁知表哥根本就不理睬我，对站在他对面的我视而不见，似乎眼前不存在我这个人。

我十分尴尬，感到自尊心受到了伤害。但没有办法，人在屋檐下，不得不低头，我只能默默地忍受。这种时候，假如有个人能和我说说话，帮我散散心，我也许会好受一点。但我能和谁说？奶奶吗？大姑吗？没地方诉说的屈辱变成十倍的痛苦，我觉得我的心在流血。

以后的日子，就是只有陈炜和我两个人在房间里，陈炜也无视我的存在。只要我一出去，他就把门插上，我要进去必须敲门，在外面等很长时间，我又不敢告诉大姑。我真不知该怎么样去亲近这个表哥，怎样才能和他沟通。我只想让表哥知道，我会听他的话，尽量不给他造成麻烦。几天下来，在饭桌上我连菜都不敢夹，走路都不敢发出声音。

过了几天，表哥突然对我转变态度，他开始理我。虽然傲慢，毕竟和我说话了，我心里一阵狂喜。但是，我的高兴劲刚上来，马上发现，他每次叫我，总是指使我为他干活。不是给他倒水，拿鞋，就是帮他买东西。我成了他的用人，恼火的是只要我的动作稍稍慢了一点，表哥就借故大声指责我。就是我动作不慢，他也数落我。反正不管

困境

我怎么做,都没办法让他满意。

开始,大姑听到了还出面干预:"陈炜,你是哥哥,让着他一点,他有什么做得不好,好好地和他讲,慢慢教,不要发脾气。"

大姑的话让我感到委屈。

"他蠢得像头猪,教都教不会。"陈炜这样告诉大姑。

我真想跳起来大声告诉大姑,事实不是这样的,是表哥故意找碴。但我知道大姑相信表哥,不相信我,就是知道表哥错了,也会袒护他。我只好忍气吞声暗自饮泣。

时间长了,大姑对表哥的大声嚷嚷已经习以为常,再看见陈炜对我张牙舞爪,也见怪不怪,听之任之。

我那一点点可怜的自尊心在表哥的蹂躏下变得麻木、发硬。慢慢地我不把表哥的大呼小叫当回事了,而且想出了对策。表哥大声嚷嚷时,我充耳不闻,逼急了以白眼相还。

我看得出,表哥很生气,我估计他会想出新的办法对付我,我提防着他。

一天早上,表哥在房间里大声嚷嚷,说昨晚上大姑给他交资料费的一百块钱不见了。大姑和姑父都放下手中的事,进来帮他找,后来奶奶也来帮他找。他们把表哥的书包抄了个底儿朝天，床铺翻了个遍，哪儿也没有一百块钱。

开始，我以为这事与自己无关，既不帮着找也不作声，站在旁边冷眼瞧热闹。

后来，大姑问我："你看到你哥哥的钱吗？"

这问话太突然，我没有思想准备，感到紧张。过了好一会儿才回过味来，这屋子就表哥和我两个人，没有外人进来，表哥的钱不见了，自己脱不了干系。不过我马上又安慰自己，给自己壮胆：我又没拿他的钱，没做亏心事，不怕鬼敲门。我神色坦然，对大姑摇了摇头。

奶奶似乎受到提示，走过来要检查我的书包。

顿时，我感到受了侮辱，从奶奶手上夺过书包，不让她检查。

表哥在一旁说："你既然没拿，看看又何妨？"

奶奶也说："看看没关系，看看大家放心。"

我赌气把书包里的东西倒在地上让奶奶检查。奶奶没有找到钱，松了一口气，说："没有。我家泽俊从来不偷东西。"

我正要说两句风凉话出口气时，表哥走了过来，用力掀开我床上的褥子，在场的人都看到一百块钱的红钞票赫然摆在席梦思上。

3 困境

面对这一百块钱,我瞠目结舌,结结巴巴地向大家解释:"这,这,这不是我放的,我没有偷钱。"

这时候还有谁听我的解释,谁都只相信自己的眼睛。姑父拿着钱,看也不看我一眼走了,大姑和表哥也跟在他后面走了,只有奶奶垂头丧气地坐在床边上。

我走到奶奶身边,试图向奶奶解释,我还没开口,奶奶语重心长地说:"孩子,咱们是穷,但是人穷要穷得有志气,这偷东西的名声可不好听啊!"

这时,我一身是嘴也说不清。我委屈,我气愤,可谁肯相信我,谁能帮帮我!

就这样,奶奶带着我不体面地离开了大姑家,临走前,表哥悄悄对我说:"你放心,我保证,这事我决不告诉任何人。"

我狠狠地瞪了他一眼,至今我也没有弄明白这钱是怎么跑到我的床铺下面去的。一定是表哥放的,那表哥陷害我的目的是什么?如果是要赶我走,也不需要用这种卑鄙无耻的手段。我在心里暗暗发誓:这一辈子再也不上这儿来了,就只当自己没有这个表哥。

受到了这样的冤枉,我情不自禁想起了妈妈,假如妈妈不离开家,自己就不会到大姑家来,就不会发生这样的事，自己就不会受这样的不白之冤。我第一次对妈妈的出走产生了怨恨。

奶奶带着我住到了二姑家。

二姑家条件没有大姑家好，一家三代住在60多平米的老房子里。二姑父在建筑公司上班，天天早出晚归，不管家里的事。二姑因为要伺候脑出血瘫痪在床的公公，辞职在家。家里还有一个比我小的女儿。

来的第一天，二姑不欢迎我们的态度溢于言表。她对奶奶说："妈妈，你真是的，姐姐家那么好的条件，你不住在那儿，上我这儿来干什么？不说别的，单是睡觉就成问题。我公公整天躺在床上，不管怎么弄房子里总有气味，连汶汶都不肯睡那屋。我睡的屋小，放不下两张床，汶汶只好挤在我们床上。你们来了，只能委屈你们睡客厅。客厅只有几个平米，放了铺就没法进出，床铺只能晚上放，早上拆。"

表妹汶汶却特别高兴，她瞎张罗乱出主意，说："哥哥，我们来次大扫除，把爷爷的房子弄干净，你们和爷爷睡一起，三个人睡一个屋。我们也是三个人睡一个屋。"

这是不可能的事，我奶奶怎么能和她的爷爷同住一个屋子。汶汶爷爷已经卧床几年了，只要醒了就哼哼，有时

困境 3

半夜睡不着也哼哼。再说那气味确实让人受不了，我宁愿在客厅打地铺，也不肯睡那屋去。但表妹的态度给了我一丝安慰，我非常感谢她。

二姑手忙脚乱张罗了好久，奶奶和我只在她家住了几天。不是二姑让我们走，是实在住不下去。

那天晚上，我在睡梦中被人叫醒，我们被要求拆床铺。原来，二姑的公公突然病危，请来的医生站在门口，不能进来。奶奶拆铺时，慌乱中又摔倒了，把大家吓了一跳，幸亏没出大事。

医生进屋后又是抽痰，又是输氧，折腾了一个多小时，二姑的公公才转危为安。

医生走了，奶奶又开始搭铺。奶奶一边搭铺一边问二姑："你公公的病经常这样半夜发作？"

"说不准，反正说发作就发作。有时十天半月没事，有时三天五天发作一次。"

奶奶叹了一口气，说："也难为你们了。你公公有你们这样的儿子儿媳妇算是上辈子修的福。"奶奶想了一会儿又说："我们还是住到你妹妹家去吧，我们在这儿给你们添麻烦不说，问题是我岁数大了，这样折腾我吃不消，再折腾几次我也得躺到床上要人伺候了。"

我嘴上不说，心里嘀咕：别说你，就是我也吃不消，晚上睡不好，白天没法上学。这时我才切身体会到二姑家的实际困难。

汶汶不想我走，拖着我的手说："你别走，只让外婆走，你和我爸爸妈妈睡，我个小，睡书桌上。"

我非常感动，心想：要是表哥像汶汶这样喜欢自己，或者是汶汶家有表哥家那样好的条件，什么事情都好说。这事让我深刻体会到世事的无奈，大人们的无能为力。

这天晚上，我怎么也睡不着，心里愤愤不平，埋怨上天对自己太不公平。你想：世界上每个人应该有的东西我却没有。人人都有父亲母亲，我的父亲死得太早了，母亲不在身边。世界上一切好的东西都没有我的。钱是好东西，别人家好像有花不完的钱，同学们想要什么买什么。我家没有钱，连吃饭的钱都不够。为什么会这样？我困惑不解，找不到答案，极度的烦躁在我的身体里膨胀，要爆炸。我想找谁打一架，可周围找不到发泄的对象。我只能拼命地克制自己，实在忍不下去，就咬自己的手指，直到把自己的手指咬得流血。

奶奶带着我去了三姑家。

三个姑姑中数三姑最有钱，也数三姑父最小气。去三

困境 3

姑家的路上,奶奶就絮絮叨叨:"要是有一点办法,我才不会去三姑娘家,她丈夫把钱看得比命还重,其他东西全是狗屁。"

三姑夫妻俩做生意,市场上什么东西挣钱他们倒腾什么。天天东跑西跑,蹿上蹿下。来了几天了,我只见过他们一面。早上我没起床他们就出门了,晚上我睡了他们才回来。这个家全交给了奶奶,包括做饭洗衣,打扫卫生,到幼儿园接送孩子,把奶奶累得够呛。最让奶奶为难的是,来了几天了姑父只给了奶奶100块钱,奶奶顶不住了。奶奶悄悄和三姑说,让她再给点钱作伙食费,我看见三姑偷偷给了奶奶一些钱。半夜,我被吵闹声惊醒,是三姑和三姑父打起来了,为的就是钱。在三姑父的再三盘查下,三姑把给奶奶钱的事说了出来。

三姑父心疼了,在隔壁房间里骂骂咧咧,发泄他的不满。

三姑害怕奶奶听见,压低嗓门,好言好语劝说三姑父:"你看,妈来这些天,我们是不是省心多了,干活时不用操心孩子没人接送,不操心家里有一大堆衣服没洗。晚上回来还能吃上一口热饭菜。"

三姑父可不像三姑那么想,放开他那做生意吆喝出来的大嗓门说:"省心是省心,可是痛心呀。你今天一下就给你妈600块钱,我出600块钱,可以上劳务市场找个年轻保姆,比她干得好。"

"你小点声好不好?"三姑求丈夫。

"钱容易挣吗?我们起五更睡半夜,风里来雨里去,能挣多少钱。你倒好,一甩手,600!败家子。"三姑父不依不饶。

"这钱又没进妈的口袋,我们三个人不是在家吃吗?"

"吃什么呀?我们只回来吃一顿晚饭,孩子的伙食幼儿园包了,我们已经交了钱。"

"你跟我妈还能算那样仔细?"

"她是你妈,可不是我妈。"

奶奶咳嗽了一声,表示她已经醒了,听见他们的话了。

三姑见自己的妈受了气,不高兴了,和三姑父吵了起来。吵着吵着,两个人动手打了起来。结果是两败俱伤,三姑成了大花脸,脸上红一块紫一块。三姑父的腿上被三姑用扫帚杆砍了一家伙,走路一瘸一拐。

奶奶一个晚上辗转反侧,没有入睡。早上起来,没做早餐,上外面给我买了吃的,让我去上学,交代我中午回自己家。说自己也马上收拾东西回家。

困境 3

临走,她教训三姑说:"你二姐对她公公那个好真没法说,她也是我们家的孩子,就那么有孝心。你们怎么能这样对我呢?我给你们干活,你们还恨不得要我带伙食费来。你也不想想,我要有钱,我会上你们家来吗?你们家什么都有,就是缺一样东西,缺少亲情。跟你丈夫说,我老了,从下个月起,你们姐儿三个,每个月一号给我送生活费来。不送,咱们法庭上见,我告你们不赡养老人。你们这些没有良心的东西!"连我都知道,这话虽然是对三姑讲,但是说给三姑父听的。

就这样,奶奶带着我在三个姑姑家转了一圈又回来了。

奶奶的感受好像很深,回来后总是唠叨:"金窝银窝,难当自己的狗窝。还是自己的家好,哪儿也不去了。"

转了一圈回来的我长大了,长见识了。本来就敏感、自卑的我,像个足球一样被人踢来踢去时,我的忌妒心在这种践踏中疯长起来。我恨三姑父那样的有钱人,我恨其他同学拥有新衣服、运动鞋、游戏机……因为这些好东西我都没有。只要别人不注意,我就去把别人的好东西弄坏。当别人苦恼伤心时,我躲在旁边安抚自己说:现在别人也和我一样没有了,不能在我面前炫耀了。

如果有同学犯了错误,或者是考试不及格,受到老师严厉批评，吓得惶恐不安，痛苦得泪流满面时，我心里有说不出的惬意，比6月天喝冰水还舒坦。我从别人的痛苦中寻找平衡，拿别人的痛苦当药来医治自己心灵上的伤病，填平自己的不平心理。

为了掩盖自己的自卑，保护那颗畸形的自尊心，我又故意做出一种傲慢和不屑与人打交道的神态，本能地躲避开公共场所，远离人群，独来独往，我行我素。

同学们也不理我，没人主动和我打招呼，没人邀我和他们一块儿玩。他们像避瘟神一样躲着我，我知道他们把我看成了另类。我像一只掉队的孤雁，被抛弃在集体之外。

其实，我不坏，我不打架斗殴，我不偷东西。我只不过因为家里穷，孤僻自卑。我内心深处迫切希望得到爱：亲人的爱、老师的爱、同学的爱。这时，如果谁给了我爱，我将永远爱他！

一天，我在路上看到一只小狗，可能是被人遗弃的。我从它的眼睛里看到了求助的神情，它的哀叫声让我心痛，不忍心走开。我轻轻地抱起它，生怕弄痛了它。我把它抱回家，奶奶不准我养它，说我们家连人都养不活，有什么条件养狗。我只好悄悄把它放在一家小吃店的角落里，我想：这儿有吃的，它不会挨饿，这儿有暖气，它不会挨冻。

困境 3

过了两天，我放心不下那只小狗，偷偷到小吃店去看它。可是，不见它的踪影。我问一个服务员姐姐，她说："那条小狗早被老板扔到垃圾箱里去了。老板嫌它脏，又不是名贵品种。"

我的心一紧，为小狗悲伤，它那么小，又饿又冷，能活下来吗？老板怎么这样残酷？！我哭了，为小狗，也为我自己。

心理医生提示：

吴泽俊长期处在一个精神紧张、感情饥饿的状态，他缺少的不单单是物质，还有精神上的关心照顾、来自家庭和亲人的爱。

我们知道，幼苗生长需要阳光、空气、水分。缺少其中任何一个条件，它就不能茁壮成长。孩子也像幼苗一样，他的成长需要物质条件和精神条件。精神条件中最重要的一点就是爱。孩子从呱呱坠地那一刻起，就应该享受来自父母的爱、亲人的关心。当他上学的时候，家长应该关心他的学习，教育他怎么和周围的人接触、交往。任何孩子都应该在爱的包裹下成长。

吴泽俊的父亲给吴泽俊的伤害很大。行为不端的父亲死后,吴泽俊的母亲又忙于生计,也很少关心他。母亲离家后,他更是像一棵路边的小草,孤零零地自生自灭,无人理睬。

　　他对爱的饥渴像旱地里的禾苗盼望雨露一样迫切。别人理所当然应该得到父爱和母爱,但他却严重缺失。在没有爱的环境中长大的他,没享受过爱,没有体验过爱,因此他不懂得如何去爱别人,更无法给别人爱,而且发生了心理病变,滋生了一些负面情绪,比如忌妒、多疑、狂暴、没有自控能力。

4 友谊

这是第二次见到吴泽俊。我们有过一次坦诚的谈话。也许,他感觉到把心里话说出来是一种解脱,发泄后人的精神会放松很多,这次不用我动员,他主动接着往下说。

宋毅是个诚实善良的人。他知道我不快乐,很多事都迁就我,照顾我。他把我当成平等的朋友,不居高临下鄙视我。我说错了,做错了,他会原谅我,不会耻笑我,挖苦我。我和他在一起不感到压抑,不感到自卑,能放开自己的心身,说自己想说的话,做自己想做的事,不用装模作样。从他那儿我感觉到了温暖,只有宋毅和我在一起的时候,我才觉得安全。

刚开始,我不了解他,不喜欢他。现在想起来也许是因为宋毅干净的穿着、文雅的举止、优异的成绩，让我忌妒。我下意识地站在宋毅的对立面，作好了处处与宋毅作对的准备。

宋毅坐到我身后座位上的第一天，我就挖空心思想主意，伺机惩治宋毅，要给宋毅颜色看，让他知道我的厉害。

机会终于来了，数学课后宋毅上厕所去了，他来不及收拾课桌，书、笔和作业本全乱七八糟丢在桌子上。

我把自己的椅子向前挪了挪，不停地用自己的椅子背去撞击宋毅的课桌，弄得他的课桌前后摇晃，笔滚到了地上。

宋毅回来后，没有留意脚下，一脚踩下去，只听到"咔嚓"一声，有什么东西踩碎了。他眼睛近视，蹲下身子去摸，才知道是踩烂了笔。

这时，我心里不知有多高兴。不动声色地坐在座位上，准备和宋毅吵架。

果然，马上有人告诉宋毅："吴泽俊故意摇晃课桌，笔是他弄下去的。"

我马上用眼睛狠狠地瞪着那个同学，正要先发制人，说他乱怪人。

没想到憨厚的宋毅却抢先承担责任，说："是我自己没放好,不能怪别人。"还制止那个同学继续说下去:"不要紧,我还有支备用笔,这种笔便宜,三块钱一支。"

我不领宋毅的情,不但感受不到宋毅的宽容,认识不到宋毅的高姿态,还认为宋毅的话是在表示自己不在乎,显摆自己家有钱,用这种不在乎的态度来压制我,向我挑衅。我心里说:你钱多,我要使个用钱也解决不了的法子治你。

我从宋毅蹲下身子去找笔上的背影上得到启示,我要利用宋毅的近视来做文章。

接下来是作文课。课代表把作文本搬来分组放在讲台上,让同学们自己去找。一些爱动的同学想要制造点活跃气氛,故意在讲台前挤来挤去。一些不爱动的同学坐在座位上不动,等大家都拿走了,再去找自己的。

宋毅看看讲台前人不多了,估计快打上课铃了,上讲台找到自己的作文本,转身就走,这时他看到了我的作文本,他停下来想了想,又退回去,帮我拿了作文本,经过我的身边时递给我。

为笔的事他没有怪我,反而帮我拿本子,我觉得他是在讨好我,我没有伸过手去接,反而说:"多事。"

宋毅大概没听清楚,也许是听清楚了,不和我计较。

把本子放在我的课桌上,不声不响地回到自己的座位,没事人一样。

过了几天,轮到我们这个小组打扫教室和公共区卫生。我心怀鬼胎,主动要求和宋毅扫教室。同学们都走了,只剩下我们俩。我对宋毅说:"门上面的玻璃窗没有关上。"

宋毅说:"好像是不需要关上吧?"但他也不能确定是不是要关上。

"要关上的,不然晚上刮风会把窗户撞坏的。"我说,然后搬来一张课桌放在门后边。

"关就关吧,这有什么了不起,看我的。"宋毅搬来一把椅子放在桌子前面,一边说,一边从椅子上爬到桌子上。他踮着脚关上窗户,插上插销。

宋毅插插销时背对着我,我趁他没看见,把桌子前面的椅子搬走了。我的本意是要让他摔一跤,治治他。

宋毅转过身来,没看到椅子被我搬走了,凭自己的经验顺着刚爬上去的地方下来,正像我预计的一样,他一脚踩空,摔了个跟头,跌在地上。但是,我没想到的是他把眼镜摔坏了。

我的目的是达到了,却害怕他要我赔眼镜。我的第一个反应是推卸责任,说:"这不能怪我,是你自己摔下来的。"

宋毅用嘴吹着擦破了皮的手掌，一边回答说："我没有怪你。但是，你为什么把椅子搬走呢？"

"我想快点回家，以为你会跳下来。你也不先看清楚。"我责备他说。

宋毅从地上摸起眼镜，一块镜片碎了，他戴起只有一块镜片的眼镜，样子十分滑稽。

我们两个人不说话面对面站了一会儿，宋毅怏怏不乐地说："走吧，回家吧。"

"这眼镜要好多钱吧？"我试探着问。

"这副眼镜是我爸爸带我去北京配的，镜片是树脂的，钱贵事小，就是麻烦，要验光后定做，得在那儿等。现在没时间去，只能等到假期。"宋毅十分不开心地回答。

"你爸爸妈妈会骂你吗？"听说眼镜不但贵，而且是在北京配的，我更加忐忑不安，担心他父母找上门来要我赔眼镜。

"我爸爸妈妈不乱骂人，他们讲道理。我又不是故意弄坏的。"宋毅一口一个"我"，把事情往自己身上揽。

"那你明天上课怎么办？"我装得漫不经心地问。毕竟我心里明白，我是故意的。

"我还有一副玻璃镜片的。你不用担心。"宋毅对我的关心非常感谢,口气十分友好。

我们一前一后离开了学校。

回家的路上,我心想:假如刚才宋毅和我吵,责怪我,那么我就会和宋毅吵,不会承认错误,肯定比宋毅更凶。现在,宋毅很沮丧,一副可怜相,却不责怪我,反倒让我不安。我这个人就是这样,在强者面前不示弱,对弱者会产生同情心。宋毅没有眼镜走路高一脚低一脚、跌跌撞撞的样子,可怜的表情让我感到内疚,后悔,我良心发现,觉得刚才的行为过火了,甚至可耻,欺侮眼睛近视的宋毅,给他造了困难,算什么事?!

第二天,宋毅戴了一副玻璃镜片的眼镜来上学,而且用一根橡皮筋缠住挂在头顶上,难看死了。同学们取笑他,说他像个古装电视里的老学究。有同学问宋毅为什么要缠橡皮筋。宋毅说他妈妈非要他这样做不可,因为玻璃镜片重,压在鼻梁上不舒服,再一个原因是这是他唯一的一副眼镜,如果坏了的话,就得请假去配,会耽误学习。

别人听了这话没什么,可我听了心情特别沉重,我还有一个担心,害怕宋毅当面不说,背后到老师那儿告状,说我故意害他。

友谊 4

下午班会上，王老师特别交代大家，以后关窗户要注意安全，不要像宋毅一样从桌子上摔下来。同学们都认为这是老师在婉转地批评宋毅，眼睛盯着宋毅。

老师没有提到我，看都没有看我一下。这让我有点感动，知道宋毅没有去老师那儿告状。

我回过头去偷偷看了一下宋毅，想从宋毅的表情上看看他是不是觉得委屈。宋毅不好意思地低着头，好像真正是他做错了事一样难堪。

我心中一动，突然对宋毅产生了好感，反过身子，久久地注视着宋毅，想向他道歉，但就是张不开口。这次，我没有因为宋毅受到批评而产生快乐，反而难过。下课后，我在头脑里搜索宋毅平时的表现，我想不起宋毅什么时候对我大声嚷嚷过，也想不起宋毅欺侮过谁，好像他总是这样温存，眼睛近视，动作迟钝。突然间，我觉得宋毅比幼儿园的孩子还单纯可爱。正因为宋毅单纯，脸上的表情特别光明灿烂。总而言之，从这时候起，我认为宋毅和自己一样，也是受人欺侮的角色，从内心深处解除了对宋毅的防范。

后来我才知道，宋毅最大的优点是他不小肚鸡肠，从不把事情往坏的方面想。在他的眼里，周围的同学、老师、邻居、亲戚个个都是好人，人人都可亲近，都没有坏心眼。就是别人犯了错误也是好心办坏事，他特别能包容别人。眼镜摔坏了他也没有想到是我故意捉弄他，为难他。

从此，我和宋毅成了朋友。

宋毅告诉我，他的爸爸妈妈都是老师，爸爸教高中，妈妈教初中。遇事都和宋毅讲道理，尤其是他爸爸，和儿子说话都用平等的口吻，从不居高临下指手画脚。平日一家人闲聊，大人从不背后说别人的坏话，只说说单位和社会上有趣的事。宋毅多幸福啊，他有讲道理的父母，有幸福的家庭。

"明天上我家玩去吧。"一天，宋毅向我发出邀请。

我思考了一会儿，很干脆地回答他："不去。"

"为什么？"宋毅的样子很失望，我知道他是一片好心。

我不理他，掉头走了。我信任宋毅，他不会瞧不起我，但宋毅家不光有宋毅，还有他的爸爸妈妈，如果宋毅的爸爸妈妈知道我的爸爸是酒鬼，是和人打架死的，妈妈又离家出走，一定会用轻视的眼光看我，那种眼光如芒刺。自己何必去受这样的罪，还是离他们远一点吧。

不过，我确实喜欢宋毅。下课后，我会反过身子伏在宋毅的课桌上，虽然我不习惯主动和宋毅说话，但我喜欢看着他不急不慢地干事情，很受用。

那节作文课，戴靖把橡皮丢过来还给宋毅，却丢到了我的头上，然后落在我的脚边。我不声不响拾起来放到宋毅的课桌上。要是以前，我会生气地用脚把橡皮踢开，甚至丢到教室外面去。

那天，数学试卷发下来了，同学们忙开了。得了满分的同学，沾沾自喜。没得到满分的同学，到处找正确答案，要弄清楚自己到底错在哪儿了，老师是不是多扣了自己的分，能不能去找老师再加上几分。宋毅是满分，几个同学和他对试卷。

这次，我只得了87分，等同学散去后，我也找宋毅对答案。周围的同学和宋毅都很意外，用诧异的眼光看着我，好像我是个外星人。因为这是从没有过的事，以前我忌妒别人成绩好，看成绩好的同学鼻子不是鼻子，眼睛不是眼睛，像人家欠了我的钱似的，这次我居然不忌妒宋毅考得好。

不久，学校要搞一个调查，了解学生现在的要求，发给我们每人一张问卷，让大家按问卷上的提问敞开心扉填写。老师说了半天填这张问卷的意义、目的，左交代，右交代，要求大家一定要说心里话，反映自己的真实想法，不能采取应付的态度，更不能抄别人的。其实问卷上的问题很简单，两句话，问大家现在最大的愿望是什么，说出理由。

老师安排了一节自习课的时间让大家思考，然后填写好交上去。

我一猜就知道，大部分同学写的一定是希望减轻学业负担，要求老师少布置一点作业，别让自己的星期天总在书山题海中度过，让我们能有自己支配的时间，去干点自己喜欢干的事。也有的同学希望老师能带着我们去参加社会实践，别老是纸上谈兵。当然也有个别同学写的不同，也差不到哪儿去。

快下课了，班长李睿把交到讲台上的答案整理了一下，数了数，还差一张，就问："还有谁没有交？快一点。"

"我交了。""我交了。"大家七嘴八舌在下面乱嚷。

"交了的别说话，没交的站起来。"班长说。

教室里安静下来，大家四下张望，看是谁没有交。结果没人站起来。

李睿用眼睛看了一下我，我知道他在看我，我装着低头看书，心里犹豫，交还是不交？因为，我害怕我的问卷会引起别人的轻蔑、哄笑。

　　大概李睿不想招惹我，也不想花时间去查到底是谁没交，这又不是考试卷子，少一张不要紧，不交就不交吧。

　　下课后，宋毅悄悄问我："是你没交吧？"

　　"嗯。"

　　"为什么？"宋毅好奇了。

　　"不为什么。"

　　"我看见你填了呀。"

　　"是的。"

　　"能给我看看吗？"宋毅脱口而出，马上露出后悔莫及的神色，好像刚才说了不应该说的话。我知道他是怕我生气。

　　他越是这样，我反而不生气，考虑是不是给他看看。

　　宋毅见我犹豫，补充说："我看了保证不告诉别人。"

　　"那你发誓。"我终于松口。

　　其实，我的愿望很简单，我希望能和爸爸妈妈生活在一起，享受来自父母的爱，受到家人的关注。这是我的心里话。老师不是要求说心里话嘛。

　　宋毅看完答卷，脸上挂着微笑，一副不把它当回事的样子，好像在说：这有什么不可以给人看的，又没有什么秘密。

宋毅的笑容刺痛了我。我一把从宋毅的手里夺过卷子，恶狠狠地说："别看了。"

我后悔把问卷给他看。他懂什么，他的爸爸没死，妈妈也没出走。他天天享受着父母的爱，过着蜜一样甜的生活。他哪里会理解我心中的伤痛，哪里能体会失去父母意味着什么，有多么残酷。

宋毅一惊，他没想到我说翻脸就翻脸，不知所措，沉默不语。过了一会儿，宋毅大概想到了我给他看答卷是对他的信任，而他辜负了我对他的期望，低声对我说："对不起。"而且眼睛里饱含着同情。

我受不了别人对我的怜悯，恨不得一巴掌打过去，打掉他脸上的同情。

我们的友谊差一点因为他的微笑而破裂。

宋毅从此特别注意保护我的自尊心，用心之良苦，常让我感动。

天气凉起来了，学校要换校服了。通知每个学生交80块钱。

我知道奶奶很难，没有钱，问奶奶要也是白说，但又心存侥幸，假如这几天她打牌赢了钱呢。于是鼓起勇气对奶奶说了学校要交校服钱的事。

哪知道奶奶这几天手气不好,打牌天天输,窝了一肚子火,正要找出气筒,我撞在她的气头上了,她大声嚷嚷起来:"你们学校又要钱,让我上哪儿弄去。我去抢又没力气,去偷又没本事。你妈那不要脸的女人,没良心,不寄一个钱回来……"

我真懊悔极了,后悔问奶奶要钱。奶奶的咒骂声像皮鞭一样抽在我的心上,我在心里无声地抗议:我这是正当要求,你为什么发那样大的火?既然没有钱,你为什么要去打牌?你就不能为了我不去打牌,省下钱给我交校服费吗?

我恨!恨爸爸妈妈生下了我,恨他们死的死走的走,恨奶奶不把我当人,动不动就对我发脾气。

第二天,生活委员苏汝琴开始收校服费,看到同学们交校服费,我心烦,我用力拍打着课桌,直打得手掌肿得像要出血了、麻木了才停下来。我突然发现,手痛的时候心烦似乎会好一点,心理压力也减轻了一些。

坐在我后面的宋毅估计我在发无名火,没有理会我,也不敢招惹我,任我折腾。他要上厕所都是从后面绕道去的,不敢从我的身边经过。

我没交钱，也就没有发新校服。一场雨后，学校规定学生穿新校服。这下我可显眼了。因为旧校服是白底蓝杠，新校服是全蓝。我在一片蓝色的海洋中，格外突出。我安慰自己说：不要紧，我只不过没有换校服，又没干坏事。当有人看我的时候，我故意昂起头，做出一副满不在乎的样子。

为了庆祝元旦，学校举行歌咏比赛。每天的晨读时间和课余活动时间，学校里到处是歌声，不知为什么同学们热情这样高，为了比赛，有的班还特地买了比赛服。好在王老师在班上说：比赛一过，比赛服就没有什么用了，是种浪费，不少班准备穿新校服作演出服，我们班也决定穿新校服。

听王老师说不要我们买演出服了，我心里放下了包袱，如果要买演出服，将又是我的一个难题，不买演出服免了我一难。我高兴得早了一点，王老师接着说穿新校服，这又叫我为难了。我没有新校服，而且班上同学都自己要穿，不可能借给我，没有人有两套。我还是老办法，拖，大不了我不参加比赛。

学校比赛安排在星期六举行，这样不耽误课。星期四，王老师对大家说，明天抽一节语文课彩排，一切就按正式比赛要求，交代大家着装，上身穿白衬衣，戴上红领巾，外面穿新校服。

当全班同学在操场上列队时，我坐在教室里不肯出去，因为我没有新校服。班长李睿来叫我，我说我不参加。他急了，说不参加不行，因为比赛规定，如果有人缺席，就要扣分。班长叫不动我，急得脸都红了。要是别人，他早发脾气了，可是，对我他一点办法也没有，他知道我不怕他发脾气。

后来是王老师亲自来叫，我才磨磨蹭蹭出来。我一站到队伍里，确实让整齐的一片蓝颜色打了一个补丁。

王老师的眉头皱了起来，听见她悄悄问生活委员："吴泽俊没买新校服？"

"全班只有他没买。"

王老师不动声色，再没提这件事，全副精力组织彩排，同学们也跟着她的指挥进入了角色。

那天晚上，我正在做作业，王老师来了，她给我送来一套新校服。王老师告诉我，这是班长找其他班同学借的，那个班比赛穿演出服。她含蓄地解释，今天晚上送来是怕我明天不肯当着同学的面穿别人的衣。

从王老师进来，到王老师出去，我一言未发。王老师递给我校服我也不接，王老师只好放在桌子上，她走时我也没说谢谢。

我为什么要谢她？王老师这样做是为了她自己。王老师是班主任，她很看重班级在这次比赛中的名次。至于我，比赛能不能获胜，服装整齐不整齐无所谓。我拍了拍那套校服，心想：是你们求我穿，不是我要你们去借的。

谁知过了一会儿，宋毅来了，他的手里也捧着一套新校服。

我指了指桌子上王老师送来的校服，偏着头看着宋毅不说话。意思是我已经有了，不要你多事。

"你什么时候买的？"宋毅问。

"借的。"我说。

"你借的？"他了解我，知道我不会去找人借东西。

"王老师。"

"咱们不穿别人的，穿自己的。这是你的。"宋毅有点得意地说。

我站着不动，眼睛盯着宋毅，等着宋毅解释。

宋毅小心翼翼地选着好听的字眼说："我知道，你奶奶有钱，这次因为什么事手头不宽裕，你又是个非常体贴奶奶的人，不肯给奶奶增添压力，没有向奶奶要钱，所以没

友谊

买校服。明天要比赛,我知道你这个人不愿意穿别人的衣,所以,我帮你把校服领来了。"

"领来了,不要钱?"我很惊讶。

"当然要钱,是我帮你垫付的。"宋毅马上补充,"我借给你的,你长大以后还我。"

"你哪来的钱?"我从他的话里体会到了他想帮我,又害怕伤了我的自尊的那片苦心,特别感动,咽喉发哽,声音都有点嘶哑。

他故意轻描淡写地说:"我平常攒下来的零花钱,现在没有什么用,放在那儿也是放着。"

这时,我感到一股暖流从心头升起,慢慢流向全身。我的记忆中,只有妈妈才会在乎我的感受。宋毅不但真心帮我,还特别照顾我的感受,不让我难堪。我本想对宋毅说句"谢谢你",但我不习惯这样表达自己的感情。只是走向宋毅,不好意思地碰了碰他的手。

"你爸爸妈妈知道这事吗?"我又不放心,担心他父母知道会责备他。

"知道,"宋毅没有说谎的习惯,"我的钱存在妈妈手里,从她那儿拿钱要说出理由。我妈妈说我做得对。"

"你妈妈真好。"我由衷地脱口而出。话一出口,我马上后悔,我为什么这样低三下四的?别人借钱给你,你就称赞别人,多没出息,多没自尊。

但这件事让我感受到了友谊的可贵。后来我才明白,我们的友谊是宋毅在老师的授意下、他父母的支持下,他步步迁就我、处处包容我,精心打造出来的。我衷心感谢宋毅给了我友情。

第二天的歌咏比赛,我们班得了一等奖,全班同学欢呼雀跃。

王老师说:这份荣誉我们班每一个同学都有份。我心想:当然也有我的一份,我参加了。这次,我没有摆出一副事不关己的姿态,坐在座位上,默默地看着同学们笑啊跳啊,大家的情绪也影响了我,我也想不顾一切放开身心加入他们的欢呼。但毕竟我已经形成了习惯,善于抑制自己,不让自己的感情外露。当宋毅跳起来时,我只帮宋毅扶着差点被他撞倒的课桌。

宋毅见我高兴,又一次邀请我去他家玩。我想也没想就答应了他。

宋毅的妈妈那天为我做了很多好吃的,包了饺子,炸了鱼丸。宋毅总是说今天能吃这么多好东西,是沾我的光,平时他妈妈可没有做过这么多好吃的。看得出,宋毅妈妈是千方百计想让我过一个快乐的假日。

　　宋毅的爸爸走过来想和我谈话。我敬畏他，对他也存有戒心，他可不是宋毅，估计他和我说话是想了解我，谁知他会怎么看我。他要是知道我不是个好学生，说不定不让宋毅和我好。我的对策是他问我什么，我就回答什么，决不肯多说一句话。后来，这种艰难的谈话实在没味，我们俩都不自在，他爸爸只好匆匆结束了这场交流。

　　其实，宋毅一家人想不到，那天我在他们家玩得一点也不痛快。我一踏进宋家的门，就不由自主地把宋家和自己家做比较。当我看到宋家的液晶大彩电时，头脑里就会浮现自己家那台只有十几寸的黑白电视；当我看到宋家的空调时，就想起炎热的夏日，奶奶汗流浃背的样子；当我来到宋毅收拾得整齐干净的房间时，我似乎又看到堆在我房间里的蜂窝煤。宋毅家有三门冰箱，有微波炉，有电脑……我们家什么也没有。越比我越自卑，越比越高兴不起来。

　　宋毅爸爸妈妈对我确实好，让我在他们家感受到了真心的关怀，感觉到这个家的温暖，但我却想：在这个的温暖家里，自己只不过是一个过客，只能享受一会儿，终究是要走的。而宋毅却能天天享受这种温暖，这样一比较，我的心理又失衡了。

宋毅家优越的生活环境对我是个刺激，让我愤愤不平、黯然伤心。因此，无论宋毅一家人对我怎么好，我也快乐不起来，待在他们家像在受罪。一吃完饭，我就阴沉着脸走了。

心理医生提示：

贫穷的家境，父亲不光彩的死亡，使内向敏感的吴泽俊产生了强烈的自卑，造成了他与别人交往的障碍。更糟糕的是，吴泽俊不但自卑，而且忌妒别人，连对他一片真诚的宋毅也忌妒。

这种忌妒来自吴泽俊有意无意地与别人进行比较。与人比较是普遍存在的社会心理现象。与比自己差的人相比，叫向下比较。向下比较能使人产生优越感，自信心增强，自尊心上升。与条件比自己好的人进行比较，则易使人产生自卑感，自信心下降，自尊心受挫，继而产生忌妒心理。

忌妒是一种极端消极、狭隘的病态心理，是人际交往中的一大心理障碍。它会压抑人的交往热情，甚至反友为敌。一个人一旦产生了忌妒心理，遇到不遂心的事时，就会以损害别人的利益来求得自己心理的补偿，用别人的痛苦来平衡自己的心理，甚至干出蠢事来。历史上嫉贤妒能的事例比比皆是，庞涓对孙膑、李斯对韩非，秦桧对岳飞……

一个思想单纯的人，当他发现别人比自己好，比自己有能力时，从不会因为别人超过自己对别人心生不满，而是从别人的成绩中找出自己的差距，向别人学习，在一种积极进取的心态下，通过学习努力奋斗，赶上或超过别人。这就是古人说的"见贤思齐"。

要克服忌妒心理，首先要从培养道德品质入手，加强自身修养，建立健全人格，净化灵魂。只有无私的人才能心怀宽广，坦诚处事，正确地看待别人的成功与长处，客观地评价自己。

5 拼搏

吴泽俊说开了，没有停下来的意思。

在宋毅家玩了一天回来，我一个晚上没睡着。占据我脑海的全是宋家富裕的生活画面。

我把自己和宋毅做了一个比较，认为自己一点也不比宋毅差。宋毅长得比我高大，可他比我大一岁多，一年后，我也许会有他那样高。宋毅眼睛近视，远一点的东西就看不清，我眼睛不近视。宋毅成绩好，我的成绩也不太差。不是我的智商不高，而是我没努力。上课爱听就听，不爱听就不听，作业爱做就做，不爱做就不做。课后从没有参加过什么辅导班。妈妈走了，没人管我的学习，连考试试卷都没人签名。奶奶是识字的，每次要她签名，把笔放到她手上她都不肯签，她推托多年没拿过笔，不会写字了，让我自己签。老师也不特别看重我的家长签字，因为，我的成绩还没有差到拖班级后腿的地步，不是班上的累赘，用不着家长课后辅导。每次我替奶奶在试卷上签名，老师都没有发现过。如果有人督促我的学习，自己加点油，赶上宋毅肯定没有问题。

那天，我和奶奶闲聊说到了这个问题。

我问奶奶："宋毅不比我强多少，为什么宋毅就能生活在那种什么也不缺的优越环境中，而我只能过这种要什么没什么的日子？"

奶奶说："宋毅有一个好爸爸，有一个好妈妈。他的爸爸妈妈为他创造了一切，宋毅一生下来就拥有这样好的条件。你爸爸死得早，等于没有爸爸，你妈妈没良心，不管你。"

奶奶没说错，我的爸爸不争气，活着只能给我制造灾难，给家里人丢人，让我受人耻笑。虽然妈妈说爱我，可是，她却丢下我不管跑了。

我想：要是我生在宋毅家，那我是个什么样子？我也会好好学习，门门功课都得优，老师天天表扬我，同学们喜欢我，父母宠爱我，我时时刻刻高高兴兴，笑得合不拢嘴。唉！那是不可能的事，别做梦了。

我说："如果是由孩子自己选择爸爸妈妈的话，那我一定选像宋毅父母那样的爸爸妈妈。"

奶奶说："父母不由你选呀，谁生下你，谁就是你的父母。这是上天注定的，这就是命，是人们常说的命运。谁能改变得了命运？！"

第二天，我问王老师："怎样才能改变自己的命运？"

王老师被我没头没脑的问话难住了，她半天没有找到合适的答案，站在那里东张西望苦苦思索。突然她看到学校图书馆外墙上"知识改变命运"的标语，对我说："好好学习，知识能改变命运。"

我天天从这面墙边经过，无数次看见过这条标语，我从没想到要用心去体会其中的深刻内涵，今天，"知识改变命运"这六个字触动了我。

晚上，我睡在床上翻来覆去地想：知识真的能改变命运吗？知识是如何改变命运的呢？

我顺着这条思路想下去：假如自己发愤学习，成绩优异，考上大学，然后读研，读博，掌握了一门先进的科学技术，在某一个科学领域里成为领路人，是全国乃至全世界不可多得的大科学家，我就会受到大家的尊敬、国家的

拼搏 5

器重，大家对我恭恭敬敬，再也不用可怜我的眼光看我，再也不会在我面前提起我的爸爸。

那时候，会有很多单位请我去工作，我可得考虑考虑，谁给我的钱多，我就去给谁工作。那样我就会有好多好多的钱。有了钱，妈妈会回到我的身边，再也不离开我。我给奶奶钱，让爱唠叨的奶奶住到二姑家去。给二姑买套三室两厅的，不，要买四室两厅的房子，让汶汶有自己的漂亮房间，不再和爸爸妈妈挤在一张床上睡，奶奶不必睡客厅，我去了也有房间睡。要请最好的医生治好二姑公公的病，让他变成健康的人，二姑就可以去工作了。

要是表哥陈炜来求我，要我给他安排工作，我帮不帮忙呢？看在大姑和大姑父的面子上，还是帮他一把吧。不过，他得给我说清楚，那一百块钱是怎么到我的床铺底下去的，得给我恢复名誉，给我道歉。

我还要设立一个基金会，专门帮助那些家庭生活困难的学生。给他们交学费，交校服费，使他们和其他同学一样享受大家的尊重，不让他们的心灵受到伤害。

我被自己描绘的美好的前景陶醉了，扯着嘴角笑了起来。我觉得嘴角扯起来很费劲，因为好长时候不笑，脸上的肌肉真的有点僵硬。

突然间我觉得眼前一亮，有主意了，对前途充满了信心。

从此，我一门心思要搞好学习，虽然我还是像往常一样上学，但再也不肯让时间白白浪费，而是争分夺秒地学习，为实现自己的目标努力。

每天，我比班上的值日生到校还早，教室门没有打开，我就伏在走廊的栏杆上看书。

那天轮到宋毅值日，他走过来关心地问我："你吃饭了吗？"

我因为在背英语单词，没有直接回答他，只对他点点头，算是打过招呼。

宋毅笑着说："至于吗，刻苦到这种程度，太夸张了吧，连和人打招呼的时间都没有，礼貌都不要了。"他马上又鼓励我说："爱学习是好事，坚持下去。"

我心里回答他："你就看我的行动吧。"

一进教室，我再也不理宋毅了，为了避开别人的干扰，我面对墙壁，把头埋在英语书里，苦记单词和语法。一直坐到下晨读铃响，我才出去上了一趟厕所。

每当我做出了一道数学难题，或是背熟了一组英语单词时，就偷偷地在心里乐，因为，我知道，我正在朝着自

拼搏

己的目标迈进。虽然是一小步，甚至是半步，但古人云：千里之行，始于足下。我总有一天会到达目的地的。

我现在发现时间过得太快了，总算体会到老师过去说的"一寸光阴一寸金"的含义。时间对我来说太宝贵了，我有好多的习题要做，好多东西要背，时间不够用。晚上，不到睁不开眼睛我不睡觉，为的是延长学习时间。上学的路上我加快脚步，为的是节约一点时间去学习。

我的一颗心全被学习占满了，真正做到了"两耳不闻窗外事，一心只管做功课"。那天刮大风，老师让我关上我身边的窗户，连叫我几次，我在做作业，没有听见，最后还是老师走过来关上的。

学习以外的闲事，我一概不管，因为管闲事会浪费我的宝贵时间。

那天，有个骑着三轮车的人拖了一车水果，为了躲避对面跑过来的一条小狗，冲上了人行道，撞倒了一位老奶奶。他的车子翻了，自己卡在翻了的三轮车中间，车上的水果滚得到处都是。这时刚好学校放学，学生人流漫了过来。

李睿第一个跑过去扶起老奶奶，嘴里不忘号召大家："都来帮一把手，别阻碍交通。"

戴靖和杨锐锋去抬三轮车，想把骑三轮的人救出来。苏汝琴去看老奶奶，一些女同学去拾水果。宋毅和我走在一块儿，宋毅看到戴靖和杨锐锋两个人抬不起三轮车，对我说："快走，我们去帮戴靖他们。"

我一看这场景，估计把老奶奶送到医院，等交警来处理，没有半个小时、点把钟，这事完不了，就一声不吭，绕过出事的三轮车溜了。

那天，宋毅、李睿和一些同学确实忙了好一阵，他们打120，叫来救护车，把老奶奶和骑三轮车的人送到医院，把水果装上车，等到交警来，把三轮车交给交警，这才回家。

第二天，李睿婉转地批评我，说我不应该在别人需要帮助的时候袖手旁观。

我觉得李睿的批评没错，但他不知道我和一般人不同，别人可以依靠父母，我得靠自己来改变命运。现在时间对我来说多么珍贵。我不想花时间跟他解释，就做出不在乎的态度，低着头做自己的作业，只当他不存在。

我这种不在乎的态度激怒了李睿，他加重语气，用词也尖刻起来："你这个人太自私了，没有社会公德。"

我没有公德？！这是什么话？！我站了起来，问李睿："三轮车是我推翻的吗？"

李睿吓了一跳，反应不过来，愣在那里。

"我不帮他们触犯了法律吗？"我气势汹汹，咄咄逼人。

李睿不知该怎么回答，大概觉得我们相互之间无法沟通。

"这不就结了。我没触犯法律，要你在这儿嚷嚷什么？！滚吧。"

这时，杨锐锋走过来帮李睿："法是没犯，但别人有困难时，应该出手相助。"

"我可以帮他，也可以不帮他。但我为什么要帮助他，他帮助过我吗？本人没有这个义务！"我强词夺理，而且理直气壮。

同学们讲不过我，把李睿拖走了。

宋毅因为我的表现，觉得很没面子。他害怕别人把他也看成不肯帮助别人的人，特地拉着戴靖跑到李睿面前，让戴靖证明他昨天没有我和我一块儿溜走，参加了救援行动。

李睿远远地站在自己的座位上说："我知道你参加了。全班同学谁像他呀，21世纪还有这种葛朗台一样的出土文物，一股子腐朽臭气。"

因为这件事，同学们认为我这个人自私，思想品德有问题。这以后的几天，宋毅不主动和我说话，他可能害怕和我在一起让同学们误会。

一天，数学课老师布置了作业，同学们直到下课后才做完。我觉得容易，先做完，把作业本交到讲台上。

接着宋毅也去交作业。我看见他随手翻了一下我的作业本，脸上露出惊讶的神色。顿时，我心里非常得意。因为我的作业做得非常工整，和从前的相比，简直不像是同一个人做的。宋毅肯定是因为这个惊讶。他又对了一下我们两个人的答案，可能两个人的答案完全一样，他没吭声。后来，他好像有话要说，犹豫着。

学习上的问题是大事，我可不能放过。等他回到座位上我马上问他："怎么啦？"他说："你的作业比以前做得好多了，只有一个地方，老师曾经交代过，新知识还未牢固掌握的现阶段，在做计算题之前，不要嫌麻烦，必须把使用的定律写在前面。以后，熟练了，可以考虑不写。你没有抄定律，也许老师会扣分。"

我马上拿回自己的作业本。重新检查，补抄定律。想了想，对宋毅说："你再帮我看看，还有哪儿错了。"

"我看过了，全对。"

拼搏

"以后,我的作业做完了,请你帮我检查检查。"我诚恳地说。

这样谦虚的话用这样的语气从我的口里说出来,而且还用上了礼貌用词"请"字让宋毅受宠若惊,他马上说:"不行,不行,我哪里有资格帮你订正错误。"

"你不愿意帮我?"我脸一沉,眼看就要发作。

"帮,帮,我非常愿意帮助你,咱们互相帮助吧。"宋毅赶快表态,唯恐神经过敏的我生气。

要改变命运的想法成了我学习的巨大动力。我现在成了学习机器,每天除了吃饭睡觉,其他时间全花在学习上。

日复一日枯燥的学习,也有让我乏味的时候。我是人,不是机器,当我忍不住想打开电视机时,当我想出去玩玩时,我就会对自己说:你这样贪玩,成绩能上去吗?能考上大学吗?不考上大学你能改变命运吗?那你就一辈子还继续过这种贫困的生活,用这种黑白电视机,烧蜂窝煤,交不上电费,买不起玩具,见人矮三分,被人看不起。于是,我就躺在床上去幻想成功以后的情景。当我成功之后,我是社会上的风云人物,大家在我面前俯首帖耳,不敢抬头看我。而我颐指气使,说一不二。那多酷,多来劲。为了那一天的到来,我现在可不能偷懒。我马上回到书桌前继续学习。

学习上，我把宋毅当成自己赶超的目标。我给自己定下规划，两个月赶上宋毅，三个月超过宋毅。每次考试后，我总在心里不自觉地把自己和宋毅做比较。如果哪点不如宋毅，我会暗暗地骂自己笨，恨自己蠢。如果有一点点超过宋毅的地方，我就会兴奋，信心倍增。但成绩却不像我希望的那样直线上升，每次提高的幅度很小，有时还原地踏步，因为我原来的知识学得不扎实，基础没有宋毅好。一段时间下来，我还在班上的中流浮动，与一直是上等成绩的宋毅还有距离。

就拿一次数学考试来说，宋毅得了满分，全班得满分的只有宋毅。95分及以上的也只有5个。而80分以上，95分以下的却有30几个，占班上的大多数。我得了89分，属于大多数，与头名宋毅相差11分。

我借来宋毅的考卷，一道题一道题去对照检查。发现自己主要是粗心大意丢掉了分。仔细分析，粗心又是由于对知识一知半解，似懂非懂，没有完全正确掌握，还是属于基本功不扎实。

问题找出来了。我回到家里，把初一的课本找出来，每天做完当天的作业，就抽时间复习原来的知识。我不厌其烦一页一页扎扎实实地复习，把每一道习题都重新做一遍，比当初学的时候还认真。

现在学校老师布置的家庭作业多得让学生头晕，在老师看来，这道题是重点，以后中考会考，那道题是关键，中考时也会考，这些题是基础，中考时一定少不了。老师这也布置学生复习，那也布置学生复习。学生回到家里，光做作业就要做到十点多钟，动作慢的，功课不好的，要做到十一二点钟。

多数家长理解孩子，说孩子读书比自己上班还辛苦，却也无奈，为了孩子将来能考上大学，找个好工作，有个辉煌的前途，都鼓励孩子发愤努力。晚上，孩子在屋子里学习，家长别的忙帮不上，就想方设法给孩子补充营养，一会儿送杯牛奶进去，一会儿削个苹果送进去，一会儿买来馄饨。孩子们的作业一做完，家长马上打来洗脚水，铺好床铺，让孩子上床睡个好觉。有的家长不放心，孩子不睡着，他们不上床。可怜天下父母心。

在教室里，同学们常把这些当成笑话在教室里说。其中不乏炫耀的成分。

我一听到有人说这种事就伤感。因为我从来没有享受过这样的待遇，就算晚上学习到一两点钟，也没人给我泡杯茶。奶奶年事已高，吃了晚饭八点多钟就睡了。她对我的学习一点也不操心。她给我说过她的打算：不准备让我读大学，考上了她也供不起。现在没让我辍学，一是让我学一点文化，二来我还太小，得让我再长大一点。初中毕业后，我能考上职业技术学校更好，学个一技之长，考不上就去当学徒，学门技术，将来养活自己。现在她对我的要求就是别惹事，快快长大。

我每天大概是十点钟左右做完当天的作业。这时我已经很疲惫，也已经有了睡意。可是，为了改变自己的命运，我凭着毅力，准备再继续苦战两三个钟头，复习从前的课本。

我先洗一个冷水澡，做几节操，赶走睡魔。有时也会去厨房转转，看看是否能找到一点剩饭剩菜，慰劳一下自己的饥肠。多半时候是无功而返，我只能喝上一杯冷开水，洗洗肠胃。我努力把自己的精神调整到最佳状态，以利再战。

这时陪伴我的只有奶奶如雷的鼾声和窗外偶尔传来的鸟鸣。我估计其他同学都已经进入了甜蜜的梦乡。不过，我不觉得苦，因为美好的将来像一盏明灯，照耀着我的身心，给我克服困难的力量。我甚至还有点骄傲，我比那些

拼搏

正在睡觉的同学有志气，我能亲手创造我的未来。

我知道，学习光靠刻苦还不够，还要有好的学习方法。好的学习方法好比走捷径，能达到事半功倍的效果。我常常偷偷观察宋毅，研究他是不是有比别人更先进的学习方法。宋毅的爸爸是高中数学老师，经验丰富，一定会把最好的学习方法教给儿子。我总是寻找机会和宋毅单独相处。只要没有旁人在场，我就会搬出数学习题来请宋毅给我讲解。

宋毅对我几乎是有求必应，有时甚至放下自己的作业，给我辅导。他怕我不好意思，安慰我说，他在辅导我的同时，自己又将这些知识梳理了一遍，得到了巩固。

一天，我发现宋毅抱着一本《名师解难题》的习题集在看。我问宋毅这本书是哪来的。宋毅没有隐瞒，告诉我说，这本书是他爸爸去北京开会时买回来的，是北京市海淀区一个老师编的，本地没有卖的。

从来没有人给我买过辅导资料，我非常想借这本书看看，但宋毅自己在看，我就不好意思张口。

后来，教数学的陈老师找宋毅借走了这本书。陈老师还书给宋毅的时候也说这本书编得好。这更加激起我想看这本书的欲望。

我一看到宋毅在看这本习题集，心里就痒痒的。我得出结论，宋毅的数学成绩好肯定与辅导书看得多有关。现在宋毅又看这本书，我没看，我要赶上他就会更难。这种辅导书不是普通的书，是宝书，只要有了这本书，数学难题全会解。我一定要得到这样一本书。

我揣测：如果我找宋毅借这本书，他会肯吗？我又将心比心，假如自己有本这样的书，是不会借给别人的。别人把书弄坏了怎么办，弄丢了怎么办？这可是本地买不到的。再说，现在人人都想考第一，别人看了这本书，也掌握了好的学习方法，对自己考第一就会造成威胁。宋毅又不蠢，他当然不会让我的成绩超过他。

这些天，我老是反过身去，看看宋毅是不是在看那本书。这让宋毅很奇怪，就问我："你有什么事要对我说吗？"

既然宋毅主动问自己，我横下一条心，冒着被宋毅拒绝的尴尬，硬着头皮说："我想借你的《名师解难题》看看。"

宋毅有点犹豫，但看到我这样希望看这本书，就忍痛割爱，说："我还没看完，你就先看吧。借给你看一个星期。"

宋毅这样痛快和慷慨，出乎我的意料。我欣喜若狂，从宋毅的手中接过书，破天荒说了句："谢谢。"

拼搏

从未接触过课外辅导资料的我，回家后按书上说的方法去解题，发现原来天外有天，一道题除了老师教的方法，还有许多种方法可以解。这让我大开眼界，感到新奇、有趣。这段时间的晚上，我全泡在这本书和数学题中。

这本书涉及的内容很广，包括了初中的全部内容。我还只读初二，后面的知识还没有学。我想：书还给宋毅了，初三怎么办？自己要超过宋毅，就得扣下这本书。假如书上讲的解题方法我掌握了，宋毅没有掌握，那要赶上他就容易多了。于是，我萌发了不把这本书还给宋毅的想法，但又找不出不还给宋毅的借口。

一个星期很快过去了。我没有按时把书还给宋毅，宋毅见我不还给他，也不好意思追要，他的脸皮薄，也可能是有所顾忌，怕无意中伤了我，破坏了我们好不容易建立起来的友谊。

两个星期过去了，宋毅见我还没有要还书的意思，不得不问我："那本《名师解难题》你看完了吧，吴老师的儿子也读初中，吴老师听说我爸爸从北京买了本很好的数学辅导书，跟我爸爸说他也想看看这本书。而且，我自己还没有看完呢。"

我不知要怎么回答，又实在不想还给他，突然生气了，说:"不就是本书吗,放在家里了,明天还你。"

一见我生气,宋毅就慌张,马上走开了。

第二天,我没有把书还给宋毅,他也不敢提。

第三天,我还是没有把书还给宋毅,他还是不敢提。

第四天了,可能宋毅的爸爸催宋毅,宋毅实在被逼得没有办法,硬着头皮试探着问我:"你今天把书带来了吗?"

"哦,我忘了给你说,那本《名师解难题》不知放哪儿去了,怎么也找不到。我赔你钱吧。"我突然想出一个主意,眼睛不看宋毅,仰面看着天花板,轻描淡写地说。

宋毅愣住了,他肯定不相信我把书弄丢了,知道我在说假话,又不知要怎么去和我理论这件事,只好默默地坐到座位上一言不发,生闷气。

我不是蛮不讲理的人,知道自己这样做不对,是耍赖,对不起宋毅。但我又在心里为自己开脱说:为了一个伟大的目标,有时也不得不说一点假话。于是,我也不向宋毅解释,没事人一样,专心学习。

一整天,宋毅不主动和我说话,我知道他在生我的气。

这天晚上,我正在学习,宋毅突然来了。我没想到宋毅会这时候上我家来,来不及把《名师解难题》藏起来,当宋毅从桌上把《名师解难题》拿在手里时,我的样子十

拼搏

分狼狈，不知说什么好，手不知搁哪儿好，眼睛不知瞧哪儿好。一阵慌乱过去之后，我镇定下来，解释说："我回来后到处找，从床底下找到了，准备明天还你。"

"只要书找到了，我在爸爸面前就有交代。"宋毅很高兴，对我的话没有深究。他这人宽厚，肯原谅别人，没有为难我。要是别人可没有这样好说话。

书拿到了，宋毅正要回家，用眼睛扫视了一下我的房间，看到书桌上方贴着一句话，"知识改变命运"，床头上也贴了两个字"拼搏"。字是我用毛笔写的，纸张皱巴巴的。

"你写的？"宋毅站住问。

"是的。"我十分不情愿地回答，我不想让心里的秘密被别人发现。

"你用这些话来勉励自己？"宋毅问。

"不，不，我是写着玩的。"我不安地说，害怕他讽刺我。

宋毅走过来拍了拍我的肩膀，说："我已经发现你学习比以前刻苦，没想到你是在暗地里用劲。你比我行，树立了目标就能坚持去做。我不行，没有毅力，以前下过好多决心，想要干什么事，就是坚持不下来。我想学画画，我爸爸也支持我，给我在文化馆办的特长班报了名，每个星期天上午去上课。我去了几次，老师总是叫我们画线条，枯燥乏味，以后我就没去了。"

我仔细琢磨宋毅的表情，觉得他不是笑话我，放下心来。

"有一次，我又起心想当作家，爸爸也支持我，让我每个星期天到他们学校的唐老师那儿学作文。后来我想，唐老师自己还不是作家，他能教会我当作家吗？又不肯去了。"宋毅自己笑了起来。

"这不，我现在爱好数学，想将来攻下数学最高堡垒。我爸爸到处给我弄辅导资料。不过我妈妈嘲笑我，说我只有三分钟的热度，过了三分钟就不把它当回事了。"

见我在认真听，宋毅继续说："我得向你学习，做什么事持之以恒，不半途而废。"看得出，这是他的由衷之言，他不会说假话，也没有必要说假话。

我见宋毅没有追究书是怎么找到的，还称赞自己，一激动，忍不住把自己要发愤学习，用知识来改变命运的想法告诉了宋毅。最后我推心置腹地对他说："我不像你们，家庭条件优越，未来有爸爸妈妈为你们去设计，帮你们去铺路。我没人可以依靠，只能靠我自己。"

宋毅对我刮目相看，佩服得五体投地，开诚布公地说：

"以前，我认为你怪，自私，也不愿意接近你。和你交往是王老师给我的任务。我认为自己是班干部，是好学生，帮助后进同学，责无旁贷。内心深处我还是瞧不起你。没想到你心里有这样不同凡响的抱负，眼光看得那样远，甚至想到了将来，而且踏踏实实为将来奋斗。和你比起来，我只知道听老师和家长的，一心一意做个好学生，从来没有想过以后的事。我多么幼稚，多么浅薄，多么小儿科。"

临出门时，宋毅发现我的门上吊着一个用塑料编织袋做的沙袋。就随口问我："你还练武？"

"练什么武，玩玩呗。"

宋毅抓过我的手一看，我手背皮肤粗糙，布满了划痕，关节部位甚至有茧。这是攥着拳头打沙包弄的。别人的沙包是帆布做的，我的沙包是编织袋做的，编织袋比帆布粗糙，所以手吃苦头了。

这又让单纯的宋毅大吃一惊，以为我在偷偷练武，只不过不肯说出来。他问我："你练铁砂掌？能教教我吗？"看样子，他对我的佩服又增加几分。

这让我的虚荣心大大地满足了一回。我没有说破，我巴不得他佩服我呢。

宋毅不知道，我这个沙包有说不出口的用途。不知什么时候，我无师自通，发现打沙包是个很好的发泄办法，如果遇到不痛快的事，感到憋屈，就拼命地打沙包。打到自己满身大汗，没有力气了，心里会好受一些。这比咬自己的手指、摔东西管用。

平时，一些别人根本不在意的事，比如老师在班上表扬了谁，比如有人说自己星期天去哪儿旅游了，或者有人买了一本好书，有人得到了一件高科技玩具，都让我心理不平衡、不高兴、妒忌。我嘴巴不说，不动声色，心里暗暗生气，生气就打沙包。

心理医生提示：

公正地说，吴泽俊除了自私和妒忌别人的心理毛病之外，他身上的闪光点还是很多。他睿智，有悟性，善于思考。他认为自己家庭环境不好，要改变条件就要自己成材，而成材的唯一道路就是学习。他的思路是对的。对于一个只有十二三岁的孩子来说，能深层次地想到这点是不简单的，是家庭生活优越、长期处在父母庇护下的孩子不能达到的高度。

更难能可贵的是他有毅力、有恒心，自己认定了的事就能坚持下去。虽说他的目标没有社会内容，但在那样艰苦的条件下，他能为实现自己的目标克服困难努力学习就很不错了。他的身上有着现在一般富裕家庭子女缺乏的意志。这种意志来自贫困生活对他的磨砺。

而且，他的心地是纯洁的，当自己还生活在贫困中，条件变好还只是想象中的烧饼时，他马上想到要如何去帮助别人，甚至不计前嫌要帮助曾经陷害过他的表哥。

应该说，世界上的孩子本质都是好的。人之初，性本善。至于如何去帮助他们弘扬自己的优点，匡正身上的错误，社会、学校、家庭都有责任。

6 误会

我又一次约见了王老师。为了节约王老师的时间，我们在她的办公室见面。我等了很久，王老师才匆匆进来。她抱歉地说："对不起，让你久等了。我真的很忙，好像天天在打仗。手忙脚乱。"王老师向我介绍了他们班上发生的一些事情。

学生回家常常把学校发生的事告诉家长。家长从孩子的口里知道一点点表面的带有孩子主观意识的情况，于是把吴泽俊想象成十恶不赦的坏孩子、问题学生。家长为了自己孩子的安全，再三交代孩子远离吴泽俊，不要和他接近。家长还顾虑，班上的问题学生会搅乱课堂秩序，打架斗殴，影响自己孩子的学习。于是又纷纷到学校来要求转班。这给我添了不少麻烦,给我改变吴泽俊增添了不少困难。

我想让宋毅帮帮我。他是在纯洁的无毒害的环境中健康成长起来的,他身心健康,能和所有的同学和睦相处。

我找宋毅诚恳地谈了一次话,我说:"吴泽俊对谁也不信任,不愿和同学们来往。也拒绝老师的关心。看样子,他现在对你有好感。你是不是能多和他接触,帮我们了解他。他有什么困难,我们大家想办法帮助他。"

"怎么个帮法?"宋毅想得到具体指导。

"不,不。"我知道宋毅是个非常认真的人,怕他因为这件事影响学习,"你不必刻意地、花很多精力去做这件事,你的主要任务是学习。只要你在平常关心一下他就行。"

于是,宋毅心里就有了一根弦,对整天都在他视野中的吴泽俊的行动关注起来。

宋毅的真诚、憨厚获得了吴泽俊的信任。我终于有了一个了解吴泽俊的突破口。

从宋毅那儿,我得知吴泽俊缺少家庭温暖,缺少来自父母的爱,他感受不到亲情。于是,我想多给他一些关怀,来弥补这个缺陷。但吴泽俊天生敏感,他拒绝一切关怀,包括感情上的。我只好把希望寄托在宋毅身上。

宋毅和吴泽俊成了朋友后，我惊奇地发现，吴泽俊各科成绩在不声不响地上升，虽然不稳定，一时高一时低，上升幅度也不大，但我非常高兴，想在班上表扬吴泽俊，鼓励鼓励他。又怕这样做会适得其反。因为故意抬高的表扬会使吴泽俊不自在，认为老师低看了他。于是我决定和吴泽俊谈一次话，摸一摸他的底细，看看他的情绪再决定下一步怎么做。

放学的时候，我在班上宣布说："吴泽俊同学，放学后请到办公室来一下，我有话和你说。"

放学后，我坐在办公室里等吴泽俊，为了不浪费时间我一边看作文一边等。谁知这一等就等了一个多小时。我抬头一看，外面的天已经黑了。

我只好到教室里去找吴泽俊，谁知学生都走光了，连打扫卫生的值日生都走了，教室已经上了锁，哪里有吴泽俊的影子。

当时我真的生气了，心想：教了这么多年的书，没碰到过这样不在乎老师的学生。虽然老师对待学生从来不图回报，但你不能这样不把老师当回事，居然让我坐在这里白白等了差不多两个小时。这时，我心灰意冷，对如何接近吴泽俊一筹莫展，想不出一个具体有效的办法。找吴泽

误会

俊沟通的计划也就搁浅。

那个星期，学校利用双休假日检查修理教室的窗户，我没有休息，在学校上班，也就没有去吴泽俊家和他谈心。

没出两天，吴泽俊就和教数学的陈老师发生矛盾，让校长碰见了。

原来，吴泽俊拼命追赶宋毅，他和宋毅之间的距离越来越小，吴泽俊的信心也越来越强。这次数学考试吴泽俊排到了前几名，两人只相差几分。吴泽俊不免沾沾自喜，他手里拿着卷子，眯着眼睛，自我陶醉在胜利的欢快之中。

宋毅也为吴泽俊感到高兴，对吴泽俊说："你看，只差我4分了。"

吴泽俊一听，刚才的高兴劲全跑了，不自觉抿着嘴唇咬紧了牙齿。

宋毅不理解，刚才还高兴的吴泽俊，怎么脸一下就阴沉下来，他以为自己又说错了什么话，舌头一伸，肩膀一耸，坐了下来。

上数学课时，陈老师总结了这次考试的情况。

吴泽俊一直低着头等老师宣布前几名的姓名，然后享受大家投来的佩服的目光。

可是，陈老师没有像平常一样宣布前几名同学的姓名和成绩。反而说："我们考试，是为了检验我们对已学知识的掌握程度，了解哪儿是自己的薄弱环节，以利以后补习，不单纯是为了分数。所以，考试时，我们要把自己的真实情况向老师汇报，不要弄虚作假，欺骗老师，欺骗自己。"这话明显是在暗示有人舞弊。

一石激起千层浪，教室里马上"叽叽喳喳"沸腾起来。陈老师拍了几次讲台也镇压不下来。同学们充分发挥自己的想象，猜测老师指的是谁。

陈老师没有公布前几名的成绩和姓名，于是，对这件事期望很高的吴泽俊非常不满，而且心生疑窦，猜想老师为什么这样做。现在陈老师含蓄地说班上有人舞弊，让他一惊，心里打鼓，难道老师怀疑自己这次考得好是因为舞弊？

他回想，这次老师出的数学考试题他全复习过，连那两个难题他也做过。拿到试卷，他下笔如破竹，还没有打下课铃就已经做完了。他估计自己是第一个做完的，很得意，就偏过头去环视全班，又回过头去看了看宋毅。正好被陈老师看见，当时就说："各人做各人的，不要交头接耳、左顾右盼。"

误会

  吴泽俊琢磨，陈老师误会了自己，刚才他指有人舞弊是在暗示自己。吴泽俊非常被动，如果站起来解释，这不等于承认老师刚才讲的是自己，又怎么讲得清，不要多久，学校里就会满城风雨，大家都知道吴泽俊数学考试舞弊，这样的消息比好消息传得快。

  明明是自己经过努力，考出了好成绩，老师不但不表扬，反而怀疑自己舞弊，老师为什么要这样对待自己呢？是因为自己家穷，自己没有爸爸妈妈吗？他越想越窝火，越想越愤怒，这节课，他什么也没听进去。

  下课后，他一拳打在课桌上，砰的一声，把同学们吓了一跳，纷纷离开座位，远远地看着他。

  吴泽俊的手渗出了血珠，他不觉得痛，只觉得心里憋屈。他在心里喊：我要考出更好的成绩，让你们知道我没有舞弊。陈老师，你错了，你瞧不起人，你必须向我道歉。

  宋毅走过去，问他："你怎么啦？"

  吴泽俊把宋毅拉到教室外面，把这事告诉了宋毅。宋毅让他和陈老师谈谈，告诉陈老师自己的没有舞弊，成绩是凭自己的本事考来的。

  放学后，吴泽俊听从宋毅的，在办公室找到了陈老师，想和陈老师谈谈。但吴泽俊不善于与人交往，方法不行，他对着陈老师劈头盖脸就是一句:"你不能冤枉好人。"

陈老师说:"我什么时候、什么事情冤枉你了?"陈老师确实不相信吴泽俊能考出那样好的成绩,他亲眼看见吴泽俊扭过头去,不是舞弊是干什么?但他今天没有在班上公开点名说谁舞弊了,只是旁敲侧击说了这种现象,让大家以后注意。所以,现在他不承认自己冤枉了吴泽俊。

"你自己心里明白。"吴泽俊瞪着眼恶狠狠地嚷嚷,"我要证明我是清白的,让你为你说过的话后悔。"愤怒已经淹没了吴泽俊,他没法控制自己的情绪,也不知道怎样去控制情绪。他完全忘记了他来和陈老师说清楚的初衷,这让站在旁边的宋毅没有一点办法。

这时好多老师不知发生了什么事,围了上来。有的老师指责吴泽俊态度不好:"你怎么能用这种口气跟老师说话呢,你是哪个班的?!"

校长刚好经过办公室,也批评吴泽俊:"这里是学校,什么事不能说清楚,动不动就大吵大闹,像个学生吗?"

刚好我也回到了办公室。

吴泽俊看见我来了,就用眼睛向我求救。我后来分析,他当时希望我能作为班主任出面过问这件事,澄清事实,帮他说话,还他一个公道。可是校长已经在批评吴泽俊,

误会

我不好出面介入,再说,我也不知发生了什么事,没有发言权,只好站在那儿听,不作声。

吴泽俊不懂其中的缘由,怪我没有挺身而出维护他,对我产生怨恨。

校长事多,没时间管这种小纠纷,批评吴泽俊几句就走了,让我处理。

校长一走,吴泽俊钻出人群,撒腿就跑,跑得比兔子还快。

我跟在后面追也没追上。

第二天,我想和吴泽俊谈谈心。我吸取上次的教训,不让吴泽俊去办公室了,自己一到校就坐在宋毅的座位上,想利用晨读时间和吴泽俊谈,做好了不管他什么态度,我都要忍耐的心理准备。

谁知吴泽俊来了后,板着脸,一边放书包一边对我说:"简单点说吧,我的时间很宝贵。"

这可把我气得够呛,我还没有碰到过这样对待老师的学生,我精心准备好的谈话节奏全被打乱了,一时不知要说什么,从哪儿说起。我拼命地克制自己,让自己冷静下来。我知道越是这种时候,自己越不能意气用事,不能用过激的语言去刺激吴泽俊,使吴泽俊和自己对立起来。我放弃了原来的谈话计划，轻描淡写地说："没什么，就是想了解一下你最近有没有困难。我看你这段时间好像瘦了，是家里营养跟不上，还是学习负担太重？你奶奶年纪大了，你要自己多注意。晚上不要学习得太晚了。既然你时间宝贵，我就不耽误你的时间了。"我没有提吴泽俊对陈老师发脾气的事，想用温情去化解吴泽俊的冷漠，争取和他建立感情，让他相信我，以利于教育他。

吴泽俊的神态告诉我，他根本没听我在说什么，对我的问话不作任何反应。

这很伤我的自尊，觉得脸上下不来，看了看只有宋毅站在自己的身边，周围没有其他人，心里稍微好过一点，然后悻悻地走了。

我听到身后宋毅在责备吴泽俊："你怎么这样对待老师？！"

吴泽俊回嘴说："你说要怎样对待她？师道尊严？她要我尊敬她，她得有东西让我尊敬。只会假惺惺的，装模作样，满口没油没盐的大道理。昨天该她说话的时候她不说话，她干什么去了？这样的人我不信任她。"他故意大声说，是要让我听见，公开宣称他不信任我。

我非常苦恼，不知要怎样做才能得到他的信任。我想

误会

靠近他，了解他，对他热情一点，他却怀疑我的热情下面是个陷阱。这样的学生真难教，工作不好做。

第二天，上数学课的时候，坐在吴泽俊后排的同学发现，当陈老师从吴泽俊身边经过时，吴泽俊偷偷地把钢笔里的墨水甩到陈老师的背上，陈老师雪白的衬衣上出现一条蓝色斑点，非常抢眼。

陈老师也向我反映，说这几天他到我们班上课时，讲台上老是只有几截很短的粉笔，平时放在讲台上的粉笔盒也不见了，写字非常不方便。他交代过李睿去领粉笔，几天过去了，他好像没去领。

其实，不是没有粉笔，是吴泽俊在上数学课前把粉笔盒藏起来了，只留下两三支短的。吴泽俊还嫌它们长了，故意把它们折断。他就是要报复陈老师。

吴泽俊的大胆让同学们吃惊，他这种叛逆行为让同学们觉得刺激，谁也没有来告诉我，连李睿也没有对我说起这件事。他们觉得好玩。他们认为这种小事也去告老师，会被人看不起，被说是叛徒。他们还害怕吴泽俊报复，这个人天不怕地不怕，连老师也敢糊弄，自己可没有必要去招惹他，下意识里还有点佩服吴泽俊。这些事我直到事后才知道。

那天突然下大雨，家长们纷纷送伞来了。到最后，走廊上只剩下李睿和吴泽俊。不一会儿，李睿的爸爸送伞来了。李睿经过爸爸同意，准备自己先送吴泽俊回家。可是，吴泽俊死活不要李睿送。李睿以为吴泽俊是过意不去，坚持要送。谁知吴泽俊二话不说，一头钻进大雨中，刚跑几步就被浇得像一只落汤鸡。

李睿跑到我这儿来诉苦："我这不是好心吗？怎么又得罪他了？在他面前真难做人。"

一个星期后，数学举行单元考试。吴泽俊又很快就考完了，他这次学乖了，再也不东张西望了，径直走过去，一脸得意地把试卷交到陈老师手上。

第二天考试成绩出来了，吴泽俊得了满分，而宋毅粗心，一道题有两问，他只做了一问，扣了两分，得了98分，名次排到了第二。

宋毅十分懊恼，坐在座位上生自己的气。这时，吴泽俊回过头来，一脸的得意，全不顾宋毅心情不好，把卷子放在宋毅的面前，样子有点像示威，肆无忌惮地说："我终于超过你了。"而且不自觉地笑了起来。

宋毅第一次看到吴泽俊笑得这样灿烂，有点吃惊，他也有意见了：我考得不好，你就这样高兴？！从来不笑的

误会

你居然笑了。

这次,陈老师不得不低调地在班上宣布了成绩和名次,并说:"有的同学这次粗心大意,考得不理想,不要紧,失败乃成功之母,下次记住这个教训,交卷之前要仔细检查。"

本来高兴的吴泽俊又怄气了,吴泽俊认为陈老师对宋毅就是不一样,特别关爱他,他考得不好不但不批评他还安慰他。这都是因为宋毅的爸爸妈妈是老师,和陈老师熟。无论自己考得多好,陈老师反正就是不表扬自己。假如自己的爸爸妈妈是老师,陈老师也会处处关照自己,会重点表扬自己。

下课了,吴泽俊坐在座位上,越想越生气,心中的不满像火一样煎熬着他,他突然站起来,一拳打向窗户,砰的一声,窗户上的玻璃被打碎,他的手也被划破,鲜血直淌。吓得一些胆小的女同学尖叫起来。

马上有同学报告我。我没有追究吴泽俊的责任,反而关心他手上的伤,带他到医务室去上药。这让一些同学很不满,戴靖悄悄对我说:"如果是我故意打破了玻璃,老师会让我把家长找来,不但要受处分,还要赔钱。你为什么这样偏袒吴泽俊?"

旁边的李睿做戴靖的工作说:"你有父母,他没有父母。人要有点同情心。这样的事也和人家去攀比,你算个男子汉吗?"

苏倩说:"吴泽俊正在生闷气,老师要是批评他,一准顶起来。老师这是策略,现在不批评他,以后还是会批评他的,毕竟是他不对。"多好的学生,多么能善解人意,替老师分忧。

"那他为什么事生闷气?他今天不是考得很好吗?我要是考这么好,回家爸爸会奖励我,我就请大家吃烧烤。"有一些同学不理解。

"要不,怎么叫'怪胎'呢?他怪就怪在这儿。"

孩子们的质问和议论,让我陷入深思。他到底怎么啦?他在想什么?他要干什么?我这样姑息迁就他对吗?对培养他的健康心理有好处吗?我发现我对吴泽俊一点也不了解,因此拿不出有效的教育方法。我过去读师范的时候学过的教育学、儿童心理学不够用了。那些书本没有教给我怎样教育心理有缺陷的学生。

我也知道,要当好班主任,首先要和学生建立感情,取得他们的信任,做他们的朋友。可是,我始终没有找到和吴泽俊沟通的有效方法。因此,我惶惑,苦恼,干着急。

误会

事实上，那天是吴泽俊最需要人帮助的时候，他自己没有能力走出思想的困境，而钻进了死胡同。事后他告诉我，回到家，他为了驱赶在心中膨胀的痛苦，用尽全身的力气，一拳一拳砸沙包。他一拳砸向爸爸，怨恨他生下了自己，让自己受尽折磨；他一拳砸向妈妈，埋怨她丢下自己不管，没有尽到做母亲的责任；一拳砸向奶奶，责怪她不能为了自己不去打牌，凑足班上要交的费用；一拳砸向陈老师，他门缝里看人，自己得了高分，还怀疑自己舞弊；一拳砸向王老师……直砸得汗流浃背，双手鲜血淋漓，可心中的痛苦丝毫没有释放出来。这时候，他觉得只有放火烧了这个世界，才能解他心头的不平。他的心理不平从这个时候起转化成了仇恨。

当时，我如果有心理转化方面的知识，预见到吴泽俊心态发展的后果，我就是不吃饭、不睡觉也要去做他的工作，去抚慰他那颗受了伤的心。给他鼓励，给他温暖。可我没有这样做。做好学生的心理保健工作是个新课题。在这方面我还是一张白纸，这一课得重新补上。

离放假只有一个多月的时间了，各门功课已经结束授新，开始复习。初中三年级毕业班的学生进入中考的最后冲刺阶段，火药味很浓，连我们二年级都能感觉得到。

这时传来消息,说今年暑假市里准备办一个数学夏令营,集中训练半个月后考试。进入前6名的学生去省里参加比赛。

各种小道消息说法不一。有的说只要初三的学生参加;有的说初二的学生如果数学成绩特别好也可以参加;有的说初三的学生如果考入前6名,下学期可以直接进入重点高中;有的说初二的学生考入前6名,明年同样可以直接进入重点高中。

后来年级组长在年级工作会上说了暑假办数学夏令营的事,并说是市教育局下面的一个二级机构组织的,愿意去的可以报名,一个班只许去两个人,没人去也没关系。还说二年级的学生也可以参加夏令营,不过学习内容中有三年级的知识,这对二年级学生来说是超纲的。组长要我们和学生说清楚,学生要根据自己的实际情况,回家和家长商量,取得家长的同意后再来报名。

我在班上传达了这个信息。听说要考初三的内容,大部分同学没有信心,没有把握,打退堂鼓。

黄皓说:"夏令营应该是玩,怎么还要学习,那不要叫夏令营,叫学习班算了。"

黄皓又说:"考二年级的内容我都害怕,更别说三年级的。"

戴靖说:"学校又没有规定要参加,只要不规定,我就不参加,干吗找那份麻烦,又没病。我将来当足球运动员,数学不用特别拔尖,60分万岁。"

结果全班只有李睿、苏汝琴、宋毅等十几个人报名要求参加,其中也有吴泽俊。

苏汝琴说:"我爸爸说,我肯定考不过三年级的同学,去锻炼锻炼也好,反正是暑假,不耽误上学。"

问题又来了,十几个人要求参加夏令营,只有两个名额,怎么处理?陈老师和我商量,决定在这十几个人中举行一次选拔赛。挑选成绩最好的两个参加。

其他同学和家长都不把这个夏令营当回事,像苏汝琴爸爸说的,这是一次锻炼的机会,没有其他意义,更谈不上寄予什么希望。

只有吴泽俊对这个夏令营特别感兴趣。一个中学生,见过的事物有限,当他听说进入前6名的同学可以直接进入重点高中时,认为这是自己改变命运的第一个机会。进入重点高中就意味着向大学靠近了一大步,向他的理想靠近了一大步。他在心里夸大了夏令营的重要性,把能不能去夏令营看得非常重要。

别看吴泽俊不和任何人说话，老是低着头坐在座位上，可他竖起耳朵捕捉着关于夏令营的每一个消息。

"我看，我们班，甚至我们年级的同学都没有戏，是花钱去看热闹。只有宋毅可以去试试。人家有个教高中数学的爸爸。他爸爸可以辅导他。教高中的老师辅导初中学生，还不是小菜一碟，连书都可以不要。"黄皓说。

"我爸爸今年教高三，特忙。"宋毅说，"他平时也不教我三年级的内容。我爸爸主张学生学习跟着老师循序渐进，把课堂上老师传授的基础知识学透，不要好高骛远。我爸爸说：初中生去学高中的知识，表面上看这个学生了不起，其实不好，高中的知识学得不深不透，真正上高中时，他一知半解，又不认真学，那会贻害无穷。"

"我不信平时你爸爸不辅导你。讲老实话，在我们家，我的学习最重要，放在第一位。我爸爸要是老师，就是忙得没时间睡觉，也会辅导我。这我清楚。我爸爸每次回来探亲，时间那么短，他几乎每天晚上都陪着我学习。"戴靖说。

听到这儿，吴泽俊有了主意。他悄悄对宋毅说："放假前这段时间，我能不能晚上到你们家学习？"他没说为什么。

误会

宋毅不笨，也想到了吴泽俊为什么要去他家，说："这有什么不可以，哪个同学到我家来，我爸爸妈妈都欢迎。"宋毅爽快地答应了吴泽俊，接着又说："不过，我爸爸确实忙，高考已经进入倒计时，晚上，他不是去教室辅导学生，就是在自己的房间批改作业，写教案。没时间辅导我。你要是想找我爸爸辅导，可能他没有时间。"

吴泽俊的如意算盘落了空。

选拔考试定在期末考试后的第二天。考试成绩很快出来了。结果让陈老师和王老师为难，宋毅的分数最高，他可以定下来。但是苏汝琴和吴泽俊考了个并列第二。一共只有两个名额，这个名额给谁呢？

陈老师拿着试卷来找我，让我定夺。

我经过分析比较，说："这个夏令营准备搞封闭式训练，安排住到外地的私立学校去。加上这是暑假，请的老师要付工资，费用很高。所以，夏令营的收费肯定也高。吴泽俊家困难，没有必要给他加重负担。让苏汝琴去算了。"

"不让吴泽俊去，他又会以为是我为难他。"陈老师说。

"名额给了他，他不去，不是浪费了？"我说。

陈老师想想，说："让苏汝琴去也行。不过，上次确实是我不相信吴泽俊，和他闹了点不愉快。这孩子不比别的孩子，事情过去了就过去了，他爱记仇，总是和我闹别扭。我都不知道要怎样才能化解我们之间的隔阂。我怕他误会我，这事我就不出面了，你去和他谈。"

那天，我找吴泽俊谈话："这次选拔考试，你和苏汝琴两个人中只能去一个。老师想听听你的意见，再决定谁去。"我想让他知难而退，自己提出来不去。

出乎我的意料，吴泽俊脸一扬，直截了当地说："我想去。"

"那你是不是想一想，你们家能负担得起夏令营的费用吗？"我尽量放轻口吻提醒他。

"要多少？"

"听说是两千。"

一听这话，刚才还兴致很高的吴泽俊像被霜打蔫了的小苗一样，垂下了头，不说话。

"你如果有困难，那就让苏汝琴去怎么样？"

突然，吴泽俊抬起头，眼光直逼我："你原本就没打算让我去，假惺惺来征求我的意见是不是？这又是陈老师的主意是不是？"

我没想到吴泽俊会怀疑我的善意，反应这样强烈，不知要怎么向他解释才不会伤他那要命的自尊，嘴里只是说：

误会 6

"不是这样的,不是这样的。"

吴泽俊一下爆发了,用手指着我,愤怒地说:"你们虚伪,你们以强欺弱。你和陈老师本来就商量好了让苏汝琴去,又设圈套让我钻,让我自己说不去。不行,我要去,我一定要去。"

我骑虎难下,考虑了一下,马上做出决定:"你去就你去,我们做苏汝琴的工作。"并马上把报到通知书给了他。

吴泽俊用不相信的眼神看着我,突然,一把夺过通知单,也不和我打个招呼,转身离去。

望着吴泽俊远去的背影,我想起吴泽俊刚才看我的眼神,非常诡异,这个孩子的眼神不像孩子,是那么冷漠,充满了仇恨。

正好少年记者站也举办夏令营,我要来一个名额,让苏汝琴去了小记者夏令营,这事总算圆满解决。

吴泽俊回家把通知书给奶奶看,说了他要去夏令营的事。

开始,奶奶也很高兴,后来听说要交两千块钱,奶奶头都摇断了:"那么多钱,我上哪儿去要。两千块钱,够我们两个月的伙食费。"

到了报到的日子，吴泽俊没有钱，不能去，他偷偷到报到的地方去看了看。他看见了宋毅，看见他随队伍上车走了。他只能望洋兴叹，心里说不出的酸楚，悄悄把通知书撕得粉碎。他觉得撕碎的是他的理想，是他通往成功的路。

事情往往是这样，你的期望值越高，没有达到目的时会失落得越厉害。就像一个人爬得越高，跌下来会越痛。吴泽俊对这个夏令营寄予的希望太大了，他认为这是自己改变命运的开始。当他去不了时，他从云层中摔下来，异常悲观。这时，我没有及时了解他的想法，出现在他身边，帮他排解烦恼，把他从痛苦中领引出来。这又是我的失职。

过了十天，宋毅回来了。回来的那天晚上他去找吴泽俊，第一句话就是："你幸好没去，没有花冤枉钱。"

宋毅告诉吴泽俊，其他学校去的都是三年级学生，这个夏令营是为升入高中的学生打好基础的。只有他们学校去了几个二年级学生。学习班前几天复习的知识是一二年级的，几个二年级的学生还信心蛮足。后来复习的是三年级的内容，他们几个人像傻子一样坐在那里受罪，时间又过得慢，一节课比一年还长。后来考试，他们肯定是最后几名，都不好意思去拿试卷。

宋毅还说，教育局不许暑假办补习班，他们以办夏令营的名义办的补习班，后来教育局要来检查，本来说办十五天，结果只办了十天，也没有退钱。

前6名可以直接升入重点学校的说法纯属子虚乌有，是谣传。

听宋毅这样一说一解释，吴泽俊心中多日的不快刹那间云消雾散，还有种幸灾乐祸的感觉。似乎宋毅他们这些人上了当，他就占了便宜一样。

心理医生提示：

在日常生活中，遭人误解是难免的。大部分误解都是由于别人不了解情况造成的。被人误解，有的人感到委屈、烦恼、情绪消沉，感到别人不理解自己，事情无法说得清。有的人会产生强烈的情绪反应，采取以牙还牙的报复手段，来消除遭人误解所带来的心头怨恨。

这些都不是解决问题的办法，相反，还会使事情更加复杂。正确的办法是要解"误"，就是说要化解矛盾。在适当的时机向别人解释清楚，让别人了解事情的真相。在申辩解释时，要态度诚恳，心平气和，切不可因为内心不满而使用过激的语言。一旦别人清楚了情况，误解自然会烟消云散。

吴泽俊由于暗里用功，使成绩上升，陈老师对他的成绩有点怀疑。加之考试时，吴泽俊曾经扭转身子，陈老师看见了，认为吴泽俊有偷看别人答卷的嫌疑，产生误解。

吴泽俊在宋毅的劝说下，想去向陈老师解释清楚。但由于态度不好，和老师谈崩了。他没有反省自己的方法，反而认为是陈老师有意为难他，故意不承认他的进步，压制他。因而对陈老师产生怨恨，课堂上报复老师。

当吴泽俊想去夏令营，王老师认为费用太高，劝阻他不要去，这本是好意，但吴泽俊对王老师产生误解，认为王老师为难他。好在王老师当机立断，马上把报到单给了他，才没有发生冲突。宋毅从夏令营回来告诉吴泽俊，夏令营并不是他想象的那样重要，这个误解自然就消除了。

这两次误解都不是什么大事，但吴泽俊每次都不能很好地处理它，他不但没有处理好和别人的关系，而且使自己受到了伤害。这主要是因为吴泽俊自卑，思想上有偏见，老是认为别人瞧不起他。所以遇事不能换位思考，不能从另一个角度看问题，一味和别人较劲。要不是老师了解他的性格，处处迁就他，事情也许会闹得不可收拾。

这种时候，家长或者是老师的开导至关重要。如何把走进死胡同的学生引出来，不但要有方法，更重要的是理解这个学生为什么会走进死胡同。王老师是个好老师，但她确实没有帮助心理残缺学生的经验，她有点不知道要往哪儿使劲。

社会在发展，教育形势不断发生着变化。教师如何提高自身的心理教育水平，要摆上工作日程。尤其是要掌握培养青少年树立正确人生观、价值观、世界观的教育方法，对个别心理有缺陷的学生，要及时诊治、帮助，让他们回到正常的成长轨道上来。

7 本质

宋毅住院了,他妈妈又要工作,又要护理孩子,谁都知道她忙。我本不应该去打扰她,但为了全方位地了解吴泽俊,弄清楚吴泽俊转变的历程,我不得不去找宋毅的妈妈。宋毅的妈妈打起精神接待了我。礼貌的微笑掩盖不了她的疲惫,她这样支持我的工作让我肃然起敬。

宋毅和吴泽俊是小学同学,上初中又在同一个班读书,在一起八年了。

上小学时,宋毅和吴泽俊关系不好也不坏,谈不上亲密。上初中在新学校里遇上原来的同学,关系肯定比其他同学好,来往也密切一些。

从宋毅的口里,我们知道吴泽俊家境很不好。父亲已经去世，妈妈出走，他和年迈的奶奶一起生活。他的不幸让我们还没见到他就对他产生了同情。

家庭经济条件不好是种缺憾，但这并不可怕，自古"寒门出将相"，清贫的生活不会影响人的成长，吴泽俊缺乏的是家庭教育。十来岁的孩子，那少得可怜的人生经验，无法理解这个社会，产生一些错误的观点和看法是难免的。其他孩子有家长解释，纠正不正确的思想，而当吴泽俊无法理解别人，思想走入歧途时，没人引导他走出误区，走上正道，这是他人生中最大的悲剧。

比如，他不会站到对方的立场上去看问题。他多次对宋毅说，他想不明白表哥为什么要诬陷他，总是纠缠在自己哪儿得罪了表哥这个问题上。旁人看得出来，吴泽俊突然住到表哥家去，本身就已经影响了表哥的生活。每个人都有自己的隐私，加之独生子女一般习惯一个人住，自己的房间就是他的私人天地，父母平时要进去都得先敲门。我们家宋毅那样随和的人，也不准我们随便进他的房间，不准我们翻看他的东西。陈炜平时放学回家，把房门一关，在里面想干什么就干什么，甚至可以干爸爸妈妈不准干的事，谁也管不着。吴泽俊一去，陈炜就不自由了。他会感觉到有一双眼睛在盯着他，在黑暗中分析他，研究他，让他不自在。假如他想玩玩游戏机，上上网，看看小说，就会担心吴泽俊到父母那儿告状。想和同学在电话里说个悄悄话都不行。吴泽俊的到来打破了他的平静自在的生活，所以，不管吴泽俊怎么样小心翼翼，怎样管束自己，客观上已经妨碍了表哥的自由。

陈炜讨厌吴泽俊，想赶他走。但他的爸爸妈妈觉得自己有责任照顾侄儿，不让吴泽俊走，他表哥只好出此下策，诬陷吴泽俊偷钱，弄得爸爸妈妈觉得吴泽俊品行不端，赶走了他。

这种事，我们一听就知道是怎么回事，觉得陈炜的做法也可以理解，只是手段卑鄙了一点。可是，吴泽俊没有大人点拨就是弄不明白是怎么回事。

后来，宋毅又常讲一些吴泽俊的事。同学们都不喜欢吴泽俊，给他取了个绰号叫"怪胎"，把他看成异类，疏远他。宋毅说："妈妈，他的性格不是怪，是孤僻，他不爱说话，不和人打交道，别人不理解他，对他产生误会。今天他又没交问卷，别人看来这又不可理喻。其实吴泽俊是自卑，是怕别人耻笑他。"

"那他怎么会把问卷给你看呢？"我问。

"我可能是他唯一愿意接近的人。老师让我接近他，帮助他和同学们沟通,这也算是交给我的任务。"儿子的口气不无骄傲。

"在不影响学习的前提下,尽量多帮帮他。这孩子太可怜了。"宋毅的爸爸坐在一边看报纸,这时插嘴说,"有比较才会有鉴别,跟他比一比,你才会体会到你是多么幸福。"

"是的,相比之下,我才体会到有爸爸妈妈是幸福。原来我可没觉得有爸爸妈妈是种幸福,认为这本来就是应该有的。"儿子老实地说。

"你和他来往,只能是你影响他,可不能让他把你带坏了。"我多少有点担心,怕宋毅受吴泽俊的影响,影响他的心理健康发展。

"妈妈,他不坏,你了解他就不觉得他怪。再说,你们相信我吧,什么是好,什么是坏,我还是分得清的。"

"世上没有十全十美的人,只要这个人的本质好就行。吴泽俊还是个孩子,他的性格还没有形成,不过现在也正处在形成的关键时期。什么时候让他来家里玩,让我和你妈妈开导开导他。"宋毅的爸爸说。

这个提议让宋毅十分高兴,平常他自己有什么想不通的事,和我们一说,我们基本上能帮他解决。他爸爸现在主动提出愿意和吴泽俊谈谈，说不定能帮吴泽俊解开思想上的疙瘩，让吴泽俊从此快乐起来。

我也是搞教育的人，知道不健全的家庭常常会给孩子带来痛苦，痛苦会在孩子的人格上、心理上烙下阴影。宋毅告诉我们说和吴泽俊交朋友是班主任交给他的任务。这让我很自豪，班主任比家长能更全面地了解孩子，我的儿子是班主任作为好学生派去帮助别人的，这说明老师充分地肯定了我的儿子，我的儿子有帮助人的能力和品德。再说，这也能培养孩子的能力。我没有阻止宋毅继续和吴泽俊交往。只是暗中关注着他们，希望能助儿子一把力。

那次，宋毅从我这儿拿他的压岁钱给吴泽俊交校服费，我二话没说。宋毅后来告诉我，因为有新校服，吴泽俊参加了歌唱比赛，他们班得了奖，吴泽俊非常感谢我。我听了觉得这个孩子有感恩的心，是个懂事明理的人，几次让宋毅把吴泽俊带回来给我们看看。

也就是歌唱比赛后不久，宋毅把吴泽俊带了回来，我们终于见面了。吴泽俊给我的第一印象并不是我想象的可怜兮兮的样子，或者是刁钻古怪的样子。极平常的一个人，只是脸上没有丝毫表情，从内到外都透出一股子冷气。我能感觉得到，他在我们家玩得不痛快，精神很压抑，话很少，你不问他，他基本上不说话。

宋毅的爸爸想帮助吴泽俊打开心结，解决心理上和思想上的问题，但没有成功，因为，吴泽俊把自己包裹得严严实实，不肯对宋毅的爸爸敞开心扉。宋毅爸爸问他什么，他才回答什么，一个字也不肯多说。这种一问一答提问式的谈话实在无法进行下去，宋毅的爸爸只好放弃努力。

吴泽俊走后，宋毅的爸爸对宋毅说："这孩子心太重，放不开，思维方式出了问题，他又拒绝别人进入他的内心世界，不愿和别人沟通，遇到什么事钻进牛角尖里出不来。这不是一两次谈话改变得了的。再说，我不喜欢他，你最好不要和他搅在一起。"

"爸爸你怎么这样说话，他又不是不可救药的坏人！"宋毅说。

"这个孩子不坏，也聪明。只是心理上有些偏执，压力太大。"我支持儿子的看法。

"不知怎么的，他一来弄得我也情绪低沉，打不起精神。我害怕你帮助不了他，反而让他影响了你。"爸爸说出了自己的担心。

后来，为了一本课外辅导书，宋毅差点和吴泽俊闹掰了。

这本书是宋毅爸爸去北京开会时顺便买回来的。我们家这类书多，也没把它当回事。这本书对宋毅的口味，他把它带到学校去看。

过了两天，宋毅的爸爸问宋毅："那本《名师解难题》在哪儿？我们学校吴老师的儿子今年考高中，他找我借辅导资料，我看这本书囊括了初中阶段的全部内容，挺适合初三的学生复习时用，答应借给他。"

宋毅说让吴泽俊借走了。说好一个星期后还回来。

过了两个星期，吴泽俊还没把书还来。

宋毅悄悄告诉我说吴泽俊把书弄丢了。吴泽俊这种无所谓的态度让宋毅很无奈。本来，只不过是一本参考书，但宋毅在爸爸那儿不好交代。他跟我说："妈妈，我估计这本书没有丢，是吴泽俊不想还给我。一个人怎么能借了东西不还呢？这人怎么这样不讲信用！如果真的是他想扣下这本书，那太自私了，你帮我去跟王老师说，我不想和吴泽俊做朋友了。"

晚上宋毅的爸爸问宋毅："书还来了吗？"

"没有。"宋毅低声回答，看样子他还没想好如何向爸爸解释，他不想爸爸把自己的朋友想得很坏，那样自己也没面子。

"那你去拿一下,我答应了吴老师,他问过几次了。"

宋毅突然心里一动,我干吗不去吴泽俊家看看,弄明白书是不是真的丢了。

宋毅去吴泽俊家拿书回来后非常兴奋,喋喋不休地给我讲他在吴泽俊家看到的东西:"你们没有想到,吴泽俊多么有志气,有理想。我天天只想着如何完成作业,让老师表扬我,同学称赞我。人家想的是多少年后的大事。这家伙是个人物。"

宋毅特别说到了吴泽俊把"知识改变命运"和"拼搏"作为座右铭,贴在墙壁上勉励自己,提醒自己。宋毅完全忘记了吴泽俊不还书给他带来的烦恼。

宋毅的爸爸说:"我早说过,这样的孩子会早熟。"他深思了一会儿,又说:"逆境下的孩子往往向两种不同的方向发展,全看他自己怎样把握。一种孩子会调整自己的心态,努力去适应环境,战胜环境。逆境反过来磨砺他,造就他,他会比同龄孩子早熟,比其他孩子更坚强,更有意志,更早成材,能干出一番事业。另一种人会产生叛逆心理,有的自暴自弃,性格怪异,形成反社会思维,成为社会的另类。"

宋毅马上判断,得出结论:"吴泽俊肯定是你说的第一种人。"

"但愿事实如此。"我们都在心里为吴泽俊祝福。

我说:"我们帮帮他吧,别让他孤军作战。"

"帮不上的,也不需要帮。他会成功的。"宋毅爸爸断言。

说到书,宋毅告诉爸爸说:"吴泽俊说这本书找不到了,我今天去他家,他又说找到了。我估计是他不想还我。"

我说:"可能他真不想还,因为我们这儿没有卖。"

"而且,他们家困难,他奶奶不一定同意给他买。"宋毅附和我的说法。

宋毅的爸爸责备我说:"你怎么能朝坏的方面去揣摩别人呢,而且是当着孩子的面,说孩子的同学坏话,这对孩子影响很不好。"

我意识到自己错了,哑口无言,算是默认了他爸爸的说法,承认自己不对。

宋毅的爸爸说:"不管吴泽俊怎么想,看来这本书他非常需要。我们有几个同事的孩子也需要。明天,我按书上的地址给出版社汇钱去,买几本来。其实这类辅导资料到处有卖,只是大家听说是从北京买来的,就认为它特别好。"

事后,我也思考过,宋毅和吴泽俊两个人的性格完全不同，宋毅单纯、善良、温和。吴泽俊绝对相信他，对他不设防，在和其他同学没有任何来往的情况下，宋毅是他最好的也是唯一的倾诉对象。吴泽俊聪明、冷静、有主见，他的别出心裁的想法对宋毅来说新鲜、有吸引力，让他佩服。他们的友谊建立在互补的基础上。他们之间也不是没有矛盾，矛盾的产生是由于吴泽俊在学习成绩上追赶宋毅的心情太迫切，全然不顾宋毅的感受造成的。

就说那次吧。我们知道宋毅前两天数学小考了，那天公布成绩，宋毅一进门我就知道他考得不好，结果在他的脸上写着呢。果然，他哭丧着脸向我报告考试成绩，又从书包里掏出卷子找爸爸签字，做好了挨骂的准备。

我有点生气，责备宋毅说："你不想想，如果这是中考，你失误了就无法弥补，它将影响你的一生，你就不能进重点高中，考名牌大学就困难了。"

"人有失足，马有失蹄，哪能没有一点闪失。"他爸爸给儿子解围，"找出原因，下次注意就是了。"

"我已经找出原因了。这次试题量大，我有一个题目来不及做。你们知道我动作比别人慢。"宋毅为自己辩解。

"要从主观上去找原因，不要找借口。"我说完进厨房做饭去了，竖起耳朵听他们父子谈话。

"平时要有意识地培养自己的解题速度,这很重要,我有一个平时成绩好的学生,高考失利,就是解题速度太慢,考题来不及做完。考试时不但要求稳,稳的同时还要注意抢速度。"宋毅爸爸见宋毅神色还是不快,又做他的思想工作说,"一次考试失利不要紧,别愁眉苦脸的经不住一点挫折,豁达一点。"

"我不是为这次考得不好生气,是因为吴泽俊。以前,我的成绩比吴泽俊的好,从不在他面前显摆,怕伤了他。这次吴泽俊比我高两分,在我面前趾高气扬,神气十足,气死我了。"宋毅在我面前还很注意形象,在他爸爸面前从不掩饰自己的烦恼,心里想什么就说什么,他们父子像朋友。

"你经常得第一名,再得一个第一名无所谓。你要替吴泽俊想想,他第一次得了第一名,心里肯定欣喜若狂,一时间得意忘形,这是正常的。你是他的朋友,要为他的进步高兴。而且,他的进步也有你的一份功劳,你不是老给他辅导吗?不是常借资料给他吗?你帮他是为什么,不就是为他能进步,有好成绩吗?难道你帮他只是做做样子?"爸爸细心地做儿子的工作,教育他怎样对待别人的成功,"常言道:胜败乃兵家常事。争取下次考好就是。"

"我考得不好,他怎么能那样高兴呢?我以后有什么资料再也不借给他了。"遇到自己从没遇到过的事上,宋毅也钻进了牛角尖,思想出现偏差了。

"不能那样做,以后他有困难,你能帮他还是要帮他,你们两个人要在相互帮助中竞争,这样才能共同进步,他得满分,你也得满分,争取双赢。"爸爸从儿子的话里嗅出味来,儿子对吴泽俊比自己高两分这事耿耿于怀,而且准备采用不帮助他,来达到不让他超过自己的目的。"他考得比你好,你就不高兴,报复他,这叫忌妒,是做人的一大忌讳。世上比你强的人多着呢,千千万万,因为他们比你强你就不高兴,那你这一辈子会有高兴的时候吗?"爸爸耐心地开导儿子,指出他这种想法不对。宋毅的爸爸很注意儿子的心理健康,时常对他进行教育。

宋毅发现自己错了,有点惭愧,喃喃地说:"我没有不高兴,我才不是那种胸怀狭窄的人,我不忌妒他,我还会帮助他,我也要更努力,下次考试超过他。"

"那就好。我邮购的资料到了,你明天去送一本给吴泽俊。"爸爸满意地说。

放暑假了,吴泽俊邀宋毅去他家一块儿做暑假作业。

宋毅回家问我,我怕孩子在外面不学好,还是让他呆在自己的眼皮底下放心。就让宋毅邀吴泽俊每天上午来我家做作业。

吴泽俊回答说他不想去别人家。我估计他在别人家受拘束。

宋毅告诉他说自己的爸爸要去参加高考阅卷，不会在家。又出主意说，把房门关上，不让其他人进来打扰他们。

今年的暑假比任何一年都热。气温总在35~38度之间徘徊，没下过一天雨。吴泽俊家没有空调，电风扇的开关坏了，每次要摆弄好一会儿才能让它转动起来，有时说停就停。于是，吴泽俊在我儿子的再三邀请下，决定每天上午来我们家做作业。

暑假是学生休息的时间，学生应该以休息为主。我让他们俩每天上午把作业做完，中午睡午觉，下午不学习，可以自由活动，看电视、聊天、看课外书都可以。

吴泽俊第一天到我家来，一进来宋毅就拉着他去了自己的房间，随手关上了门。

我不理解，在外面问："这么热，你们关门干什么？"

宋毅打开门，朝我做了个鬼脸，回答说"怕你干扰我们的学习"，马上又关上门。

我意识到宋毅这样做是怕吴泽俊受拘束，也就没说什么，做事走路都蹑手蹑脚，尽量不发出一点声音。

空调在客厅里，他们关上门，冷空气不能进去，只靠电风扇，屋子里肯定热。为了将就吴泽俊，胖胖的宋毅作出了牺牲。

上午学习了一个多钟头，应该让他们休息一会儿了，我在外面轻轻地敲门，说："可以进来吗？"

宋毅打开门。

我站在门口，没有进去，用轻松的口吻说："放放风吧！出来吃西瓜。"

宋毅说"我们关在屋子里，真的成了囚犯了"，边说边出来吃西瓜。我等了半天还不见吴泽俊出来，就喊："吴泽俊，出来吃西瓜。"

吴泽俊坐着不动，回答说："你们吃吧，我不爱吃西瓜。"

我知道这孩子放不开，笑着说："我还没有见到过不爱吃西瓜的人。世界上真有不爱吃西瓜的人？你是怕我挑的西瓜不甜吧？"我又模仿着卖瓜小贩的口气说，"不甜不收钱。"

宋毅见吴泽俊不肯出来吃西瓜，就用盘子端了几块进去。

吴泽俊还是坚持不肯吃。

我走进屋子，摸着吴泽俊的头说："不要客气，随便一点。别老是把自己弄得那样紧张，多累。你比宋毅小，我也可以当你的妈妈，你在这儿就像在家里一样。"一边说一边递给吴泽俊一块西瓜："吃吧吃吧，多着呢，一个瓜十来斤。"

吴泽俊这才接过瓜埋头吃起来。

十一点钟，他们的作业做完了。吴泽俊准备做明天的作业，宋毅不肯做了，说："明天的事明天做，今天我们该休息了。我们去看足球赛吧，今天是路安队对世冠队，谁赢了谁可以进入8强。"宋毅带着吴泽俊出来看电视，坐在沙发上。

我听到他们在客厅说话，就问："我要做饭了，吴泽俊在这儿吃饭好吗？"

吴泽俊不答应，没有商量的余地。

吴泽俊对足球不感兴趣，我猜想是因为足球跟改变命运没有关系。他认为坐在这儿看足球赛是浪费时间，准备回去。

我过来挨着吴泽俊坐了下来。

吴泽俊很不习惯的样子，本能地向旁边挪了挪。

这个细小的动作逃不过我的眼睛,我问他:"你妈妈和你联系吗?"

宋毅急了,抢先说:"妈妈,你别讨厌好不好!"他知道吴泽俊最不愿意别人提起他的爸爸妈妈,那是他的心病。

因为坐得近,我看见吴泽俊的胳膊上有很多红疙瘩,就用手去摸:"蚊子咬的?"

吴泽俊不说话,只点了点头。

"你的眼睛发红,可能是沙眼。"我把吴泽俊的头抱在怀里,掰开他的眼皮,吹开他的睫毛看了看,说"是沙眼。"

吴泽俊非常局促,脸都红了。

我起身提来保健箱,从里面拿出一瓶眼药和一盒风油精。对吴泽俊说:"这是红霉素眼膏,消炎的。每天用三次。蚊子叮了的地方,抹一点风油精,既消炎又止痒。"

吴泽俊没有伸过手去接,宋毅从我的手上拿过来塞给他。

吴泽俊走后,宋毅问我对吴泽俊的印象。我说:"这孩子哪有你说的那样怪,挺好的。你看他多腼腆,多老实,不敢吃别人家的东西。"

"你只和他待了一会儿,又不天天待在一起,他怪就怪在他想得太多，别人一不小心就得罪了他，防不胜防。"

"这是他家条件不好，有自卑感呗。你们注意一点不就行了。"

"老妈，你这话还真说到点子上了，就是这么回事，他特别敏感，容易受到伤害，他对任何人都抱有戒备心，他害怕受到伤害，就干脆不和人来往。刚才你给他药，他需要，但他不会伸手来拿，他觉得那样没面子，你得塞给他。只有我理解他。"儿子自夸。

"我本来留他吃午饭的，看样子他不会肯。他连西瓜都不肯吃，就别说吃饭了。顺其自然吧，这样，他才不会感到拘束。"

多来了几次，吴泽俊渐渐放开了，不把自己关在房子里了。和我说话也不紧张了，显得随意了一些。

这一天，我做了狮子头，让吴泽俊在我们家吃饭。在宋毅的再三挽留下，吴泽俊终于同意留下来吃饭。

我给吴泽俊夹鹌鹑蛋时，不小心蛋掉在地上，吴泽俊弯腰去捡。

宋毅说："不要了，脏。"

吴泽俊捡起鹌鹑蛋，在自来水龙头下冲洗了放进嘴里，说："洗干净就不脏了。多好的东西，不能浪费。我奶奶说浪费就是犯罪。"

宋毅马上检讨说:"还是你说得对,不能浪费东西。"

因没有做吴泽俊在这儿吃饭的准备,狮子头做得不多,我夹了很多给吴泽俊,又夹了很多给宋毅,自己就没有了。

宋毅不顾不管,吃得津津有味。

吴泽俊却从碗里夹出一些给我,说:"大家都吃,才吃得香。"吃完饭,宋毅碗一放就准备午睡。

吴泽俊却抢着帮我收拾碗筷桌椅,洗碗。

我不让他干,他认真地说:"我能洗干净,在家每次都是奶奶做饭我洗碗。奶奶年纪大了,不能让她劳累。您刚才做饭累了,应该休息。"

"那你在家还干什么呢?"我站在旁边看着吴泽俊洗碗,问他。

"自己的衣服自己洗,自己的房间自己收拾。"说着,吴泽俊放下手里的活,站到我面前,双手张开,挺起肚子,让我看他身上的衣服洗得干不干净。这动作使他恢复了孩子的天真、直率,让我眼前一亮。

洗碗时,吴泽俊几次夸狮子头好吃,说自己从来没吃过这样好吃的狮子头。

通过这些天接触,我看到了吴泽俊身上的好多优点,比如他能替别人考虑，做事顾及别人的感受。他爱劳动，节约等等。遇事只想自己，不替别人着想，是现在的孩子被惯出来的通病。可是，吴泽俊身上没有这些毛病，他连吃东西都顾及别人，能够关爱别人。

　　我发现自己不但不讨厌吴泽俊，还有些喜欢这个孩子了。这是个和其他孩子一样聪明纯洁的孩子，本质非常好，只因为他遭遇了别人没有遭遇到的不幸，心眼多一些。那些因为自卑，小心翼翼维护自尊心的做法，又让别的孩子无法理解，才显得怪。我设想，他如果生在我们家，他会和宋毅一样听话，一样可爱。

　　这天，宋毅的爸爸回来了，从省城给宋毅带回来两件T恤衫。我看见吴泽俊一声不响远远地站在沙发后面看着，眼睛里不自觉地透出羡慕的神情，就从中挑了一件红颜色的送给吴泽俊，说："一人一件，公平合理。"然后，把那件黄色的拿给儿子。

　　刹那间吴泽俊的眼睛里充满了泪水，他为了不让我们看到他的眼泪，不好意思地扭过头去。

　　一件平常的T恤衫让他感动成这样，可见这孩子的感情多么丰富，他平常得到的爱是多么的少。我也受到感染，觉得鼻子发酸，眼睛潮湿。

心理医生提示:

  人之初,性本善。刚生下来的婴儿是没有思想的,他纯洁得像一张白纸。随着岁月的推移,家庭、学校、社会给他教育,他慢慢从看到的、听到的社会现象中去总结,从家长、老师的教诲中去吸收知识,形成自己对社会、对事物的看法。

  一个孩子如果生长在一个和谐的家庭里,学校教育也很正常,没有受到社会上不良风气的污染,那么,这个孩子会成长为一个有健康人格和心理的人。这样的人正直朴实,奋发向上,能和自己周围的人和睦相处,正确对待困难。他们是社会的中流砥柱,国家的基石。

  反之,如果一个孩子的家庭教育出现了问题,家长有犯罪倾向,使孩子生活在邪恶的环境中,向孩子灌输一些不正确的观点,学校教育又没有及时帮他辨别真善、是非,那么这个孩子就会出现一些心理问题,久而久之,他的身上就会有反社会的倾向。

  吴泽俊的本质是好的。他幼年时,虽然父母经常吵闹,但家庭基本是完整的。他敏感,好强,能关心别人，这都是幼年家庭教育的结果。后来，因为父亲不光彩的死，母亲的出走，家庭教育出现了空白，在没有爱的环境中成长的他自卑、自私、孤僻，这不是孩子的过错，是家庭教育缺失造成的结果。如果吴泽俊生在美满和谐的家庭里，那么，他一定会成为像宋毅一样优秀的孩子。

8 亲情

几天后,吴泽俊主动联系我,说他想明白了,愿意和我再谈谈,把自己的事情全告诉我,让我把它写出来,使大家关心那些心理不健康的孩子,帮助他们走出死胡同。

宋毅的爸爸阅卷回来了,我就不去他们家了,说心里话,我不能像亲近宋毅妈妈一样亲近他的爸爸。可能是因为他爸爸是高中老师,能去阅高考试卷,我打心底里敬畏他,有点怵他。这也许就是老师常说的心理障碍。我回到自己家里学习。奶奶天天下午出去打牌,家里很安静,也没人打扰。不过,天气非常热,特别是下午,桌子椅子都是热的。我家没有空调,没有宋毅家舒服。但是,人一进入学习状态,就对周围环境没什么感觉,再热也不知道。

我捧着宋毅爸爸送给我的那本《名师解难题》，对照初二的数学课本，翻来覆去比照，想从中找出规律。

这天，我正为一道题的解法纠结，进入了忘我的状态，突然，像是天外来音："吴泽俊，你奶奶病了，送医院了，你赶快去。"

我一惊，思想马上从数学王国落回到现实中来。定一定神，半天才弄清是什么事，撒腿就往医院跑。

奶奶已经被医生推进了抢救室。

一个邻居在急救室的走廊上和刚刚赶来的二姑说话，叙述奶奶刚才发病的经过："今天下午，吴奶奶和我爸他们几个人打牌，我在里屋做事。吴奶奶手气不好，我听见她老在那里骂骂咧咧。后来，大概是来了一手好牌，只听吴奶奶高声说了一句：'胡了，门清七对。'不一会儿，就听见我爸慌里慌张地喊：'吴奶奶，吴奶奶，你怎么啦！'我一听，知道出事了，忙跑出来，你妈妈已经倒在地上，双目紧闭，牙根咬紧，不省人事。我们马上叫来120，把你妈送到医院。你两个姐妹的电话打不通。"

"她们都有工作，在上班。"二姑说。

"你妈有高血压心脏病吗？"

"也不知道，从来没有体检过。让她去检查检查，她总说不用花那个冤枉钱。平时,她老夸口说自己身体好,从来没吃过药。"

也不知过了多久,医生从急救室出来了,二姑迎上去问:"医生,有没有危险?"

"还没有脱离危险,先让她住下观察。你们来一个人跟我去缴费办手续。"

二姑跟着医生进了办公室,出来后对我说:"你在这儿守着奶奶,我去打电话让人送钱来。"

这时,我觉得天塌下来了,压得我喘不过气来,我背靠着墙,慢慢地蹲下来,双手抱着肩膀坐在地上。

不一会儿,那两个姑姑也来了,大姑父二姑父也来了,他们给奶奶交了住院费,办了住院手续,奶奶住进了病房。

大人们安顿好了奶奶,回头对怎样安排我有了分歧。三姑让我住到大姑家去,大姑一口回绝,说陈炜下半年进高三,要考大学了,自己要上班,家里已经够忙的了,没有时间照顾我。

三姑眼睛看着二姑,二姑说话了:"我是没有上班,可他来了睡在哪儿?我总不能把他挂在墙上。"

三姑突然发牢骚了:"养妈是我们的责任,但我们没有责任养侄儿，他又不是没有妈妈。让他找妈妈去。"

我顿时明白，我成了大家的累赘，谁也不想要我。我不能这样窝囊，我要表明我不是废物，不是垃圾，我不会拖累大家。我站了起来，说"我哪儿也不去，就住在自己家，不用你们管"，一甩手就跑了。一路上我想：我能做饭洗衣，我要让他们看看，没有他们的帮助，我也能活下去。

不幸中的万幸是第二天奶奶就清醒过来了，虽一边身体不能动弹，说不出话，但毕竟没有死，这让我稍稍心安。每天上午我在家做作业，下午去医院陪奶奶，晚上一个人在家学习，十分孤独。

一天晚上，二姑来了，她给我带来了一些吃的。她问我是不是和妈妈有联系，知不知道妈妈在哪儿。

这些话让我很烦，对二姑的问话，一概不予回答。让好心的二姑也感到很无奈，没趣地走了。

二姑走后，我在心里揣摩二姑为什么这时候问我妈妈，有什么目的，是不是要把我送到妈妈那儿去。这倒是好事。不过，如果找不到妈妈怎么办？一阵悲哀袭来，我想打沙包发泄心中的苦闷，可我连手都举不起来，全身的力气像被谁抽走了。

我几天没去宋毅家了，去别人家干什么。他们家无忧无虑，我哭丧着脸，他们看着我也烦。

那天下午，我正要去医院陪奶奶，宋毅来了。宋毅这才知道我奶奶病了。

晚上宋毅和他妈妈一块儿来了，他们关切地询问了奶奶的病情。宋毅问我一个人在家害不害怕，愿不愿意住到他们家去。

我想都没想，摇头回绝。心想：姑姑和我有血缘关系，都不愿我住到他们家去，你们就不怕我给你们添麻烦？你们不过是嘴上说说，做做样子而已。

奶奶的病在一天天好转，已经能吃一点流食了，虽然说话不清楚，她加上手势比画，我们连猜带想象也能明白她的意思。

医院费用高得吓人，虽然可以报销一部分，但自己还是要出一部分。奶奶不肯住在医院里。医生也说，这种病一时半会儿好不了，回家吃药，常来医院检查也行。于是医生开了些药，奶奶就回家了。

奶奶要回自己的家，可姑姑们不同意。事实上确实不行。她半身不遂，大小便失禁，吃饭喝水要人喂，连翻身都得靠别人，我可搬不动她。

出院前，几个姑姑在病房里讨论奶奶住到谁家去。

二姑家不能去，她家已经有一个公公要人伺候，她确实没有精力护理两个病人。三姑说自己最近生意特别忙，暂时奶奶不能住她家。最后决定，奶奶住到大姑家去，大姑辞职不上班，在家专门护理奶奶，顺便照顾要高考的儿子。

奶奶住到大姑家，给我出了两道难题。

一是家里的一切开销没人管了，我的生活没着落，家里原来的米啦油啦已经快吃完了，眼看就要饿肚皮。

再说，我曾经发过誓再也不去大姑家，不看表哥的脸色。我已经十二三岁了，是男子汉了，不能说话不算话。我几次去看奶奶，走到楼下，一想起自己在这儿蒙受的耻辱，就迈不开步，退了回来。

病中的奶奶也担心我，非常着急，打发大姑晚上来找我，强行把我带到奶奶床前。

奶奶拉着我的手哭了，口齿含糊不清地问我："这几天你吃饭了吗？"

"吃了。"我口里回答，心里想：世上只有奶奶亲，自己这样了还记挂着我。

"吃什么菜？"

"我懒得弄菜，煮好饭，在里面放上一点油和盐，一拌，挺香的。"

"那样吃没有营养，你不要懒，要弄点菜吃。没米没油了吧？"

我告诉奶奶，米和油都还有一点，只是不多了。

奶奶不相信，说："这么多天了还有？"

"我省着吃，早晚吃稀饭，所以还有一点。"亲人面前，我不打肿脸充胖子。

奶奶心疼了，脸上的肉在颤抖，混浊的眼泪顺着腮帮子流了下来，她用那只能动的手拍着我的头说："孩子，生在这个家里你受苦了。"说完，战战兢兢从枕头下掏出几百块钱，塞在我的口袋里。

我知道这是奶奶治病的钱，我不能要。但如果不要，就会没饭吃。我厚着脸皮收下了，对奶奶说："我长大了，挣了钱，全给你花。"

奶奶含着眼泪笑了："不知我能不能活到那个时候。有你这句话，我也算没有白疼你。"

过了一会儿，奶奶又断断续续地说："孩子，我原以为自己身体好，有一点退休金，加上你姑姑们给一点，我能把你养大成人。谁知天有不测风云，我这一病，计划全打乱了。医生哄我，说这病不要紧，活个十年八年不成问题，可我知道，我现在已经有一只脚踏在阴间了，说不定哪天抬腿就过去了。我已经这么大的年纪了，走也没什么遗憾，就是放心不下你。我和你姑姑想来想去，还是只能把你交给你妈妈。你姑父准备用你的名义向法院起诉，要求你妈妈担负养育你的责任。"

"奶奶，我不要谁养，我自己可以打工养活自己。"我说出了自己的想法，"我不想和妈妈打官司，世上哪有儿子和妈妈打官司的道理。"

说到这儿，奶奶已经精疲力竭，闭上眼睛。我原以为奶奶只是说说而已。

第二天，刚吃完早饭，我在做作业。街道办事处的几个伯伯阿姨来了。他们带来了很多东西，两袋米、两壶油、一袋面。

我不知道他们是什么意思，站在那里不说话。

这时，一个年龄大一点的阿姨说话了，她问我："你叫吴泽俊吧。首先，我们要向你道歉，因为我们的工作没有做好，不知道你们家这样困难。前天，你姑姑到街道办事处来找你妈妈的下落，我们才知道你爸爸过世了，妈妈出走了。家里只剩下你和奶奶。奶奶的退休工资不够你们两个人的生活费。现在你奶奶又病了，更是雪上加霜。我们先送来一些生活必需品和现金,解决你的燃眉之急。然后准备为你申请低保。因为你是未成年人,一切手续由我们街道办事处的同志帮你办理。孙会计,你把补助金拿给吴泽俊。"

这时,一个叔叔递给我一个信封,里面装了一千块钱。又要我在一张表上签上我的名字。

这时他们几个人商量了一下,说:"你姑姑正在找你妈妈,如果找到了你妈妈,她有抚养你的能力,那你就不能享受低保。今天的东西和钱就算是街道慰问你的。"

他们几个人到处看了看,议论纷纷。

"家里挺干净的,这个孩子不错。"

"你没看见,我们进来的时候,他正在学习。真是个好孩子。"

他们走后,我没心学习了,把米倒到米桶里,把油拎到厨房里。把钱放到衣柜的抽屉里。坐在那里深思。

今天是个好日子,这些叔叔阿姨们给我带来了好消息。他们会帮我去申请低保。我虽然不知道什么是低保,但我也听人说过,低保户每个月可以去政府领生活费。那我的生活就有保障了。但他们又说,要是找到了我妈妈,我就不能申请低保。不过,那也好呀,找到了妈妈,我就跟妈妈走，妈妈会养我呀。

我想：今天天上掉下来一个肉馅饼，我在屋子里又蹦又跳，我从来没这样放纵过自己，不知道要怎样来表达我的快乐。

谁知那天大姑来通知我，说明天法院开庭，审理我起诉妈妈遗弃自己，不履行抚养义务一案。

我一听就跳了起来，说："我没有起诉她，我不要和她在法庭上见面。"

大姑说："律师代你告了她。"

"明天我不去。"

"去不去没有关系，我只是告诉你一声。我们已经请好了律师，一切由律师代理。我们是为你好，你得有人养。"我本来要告诉大姑，我不要妈妈养，街道办事处会为我申请低保。大姑忙，也不喜欢我，说完就走了，我来不及告诉她。

大姑走后，我坐在那里发愣，心烦意乱。明天我去不去法庭让我十分纠结。后来，我决定去。我快两年没见着妈妈了，非常想妈妈。我要把这两年埋在心里的话全说出来。让妈妈知道我非常爱她，不能没有她，说服她回来和我住。

这个晚上，我东想西想，几乎彻夜未眠。直到天快亮了才睡了一小会儿。

刚睡着就梦见了妈妈。妈妈比在家时年轻漂亮，穿得光彩鲜亮，满脸笑容，从很远的地方向我奔了过来，口里不停地喊："泽俊，泽俊，我在这里。"我无比激动，也向妈妈跑过去，无奈这腿有千斤重，就是提不起来。我心里着急，大叫一声醒了过来。我躺着没动，想再睡一会儿，把刚才的梦续上，再看看妈妈。可是怎么也睡不着了。

睡不着的我干脆起床做饭，早早地去了大姑家。

我最后一次和奶奶商量："我们能不能不上法庭，自己解决？"

"你姑姑去过你乡下外婆家，要你妈妈回来照顾你。就是想和她和平解决。可是你外婆说他们也不知道你妈在哪儿，找不到。"奶奶一提起妈妈就生气，头和身子颤动起来。

大姑害怕她发病，忙把我从奶奶身边拉开，不让我和奶奶说话。对我说："已经要开庭了，什么事开庭后再说。"

一会儿，几个姑姑全来了，几个姑父一个也没有来。另外来了一个夹着公文包的男子，大姑把那人介绍给奶奶，说他是董律师，是法院指派的援助律师，不收费的。

我特别反感，家里这么多人对付妈妈一个人还不够吗，还请来一个律师，这像话吗？而且，我也为妈妈担心，妈妈又不懂法律，会不会说错话，让法院抓起来坐牢？

人到齐了，奶奶坐在轮椅上，让大家推着，来到了法庭。

让我没想到了是，街道办事处也来了人，我们学校王老师也来了，宋毅和他妈妈也来了。

宋毅一来就搂住我的肩膀，在我耳朵边说："不要怕，我们都站在你这边。"

这时，我的心里一团糟，我不知道这是要干什么，我是哪边的，那边又是谁。

九点钟，法官们依次进场，坐在高高的法官席上，面向会场。"他们怎么还没有来？不会缺席吧？"大姑着急地说。

一个穿制服的姑娘过来，跟大姑说了些什么，大姑让我跟着律师坐在旁边的原告席上，原告席的椅子很高，我坐上去两只脚悬空。

大姑交代我，什么话也不要说，全听律师的。

正在这时，法庭的大门被人推开，一个人满头大汗背着一个女人进来。我认出那人是我舅舅。他背的女人是谁呢？我在心里猜测。

舅舅把那个女人放在前排的椅子上，帮她坐好。

这时，这个女人的脸正好斜对着我，让我看得清清楚楚。虽然这个女人骨瘦如柴，几乎是一架骷髅，头上稀稀疏疏的头发没有几根，像个癞痢，但我一眼就认出那是我的妈妈，我日夜思念的妈妈。这时，昨天晚上想好了要和妈妈说的话全丢到九霄云外去了，我跳下椅子，不顾一切跑了过去，扑在妈妈的怀里，撕心裂肺地喊道："妈妈，妈妈！"

法庭顿时乱了起来，大姑跑过来看，也大吃一惊，显然，她没料到会出现这种情况。面前分明是个不久于人世的人了。她马上把这一情况告诉奶奶。

奶奶和大姑说了些什么，大姑过来对法官说："被告来了，我们想先和被告协商一下，可不可以推迟一会儿开庭。"

几个法官商量了一下，答复说可以。

大姑推着奶奶的轮椅来到妈妈的跟前。

妈妈搂着我，上气不接下气地说："奶奶，这段时间辛苦你了。对不起。"

"先不说这些，你说说你这是怎么啦。"二姑说。

妈妈断断续续地说:"泽俊的爸爸死后,不久我就感到身体出了毛病,因为忙,也没把它当回事。拖到后来,几次在工作间晕倒。宾馆见我干不了体力活,就让我到仓库上班。那天我又晕倒在仓库里,大家把我送到医院检查,说我得了肺癌。宾馆给了我三个月工资,不让我上班了。我没有用这些钱去看病,都用来做生活费了。后来,我实在没钱了,就回乡下娘家了。"

妈妈的体力不支,说不下去。舅舅替她说:"她回到娘家,开始还瞒着我们,帮家里干干活。后来病情加重,瞒不住了,才告诉我们。我们也凑钱给她治过,医生说这病给耽误了,不好治了。这两年,我们家为了给她治病,能卖的卖了,能借的地方借了,已经山穷水尽了。"

妈妈喘了口气说:"当初,我离开家也是迫不得已,别说看病,就是吃饭都成了问题。"

"你怎么不说呢,我也太糊涂了。"奶奶内疚地说。婆媳间多年的隔阂烟消云散。

大姑把舅舅拉到一边,悄悄问他:"现在是个什么情况?"

"开了刀,做了化疗,病情也没控制住,仍然继续恶化。医生说,由于错过了最佳治疗时期,化疗对她已经没有意义了。前些日子我们把她从医院接了出来，请土郎中用偏方给她治，昨天还给她吃了蟾蜍，不过只能尽人事，听天命了。"

大姑问："她自己知道病情吗？"

"她比我们还清楚，有什么我们也不瞒她。"

"医生说还能活多久？"

"医生估计，日子已经不多了，除了镇痛的药，其他药就不必吃了。"舅舅说到这儿，眼睛红了，鼻子塞了。

"这事是我要瞒着你们，那次泽俊的姑姑来，我就睡在里屋。我不肯见他姑姑。不为别的，就怕泽俊受不了。痛我不怕，死我也不怕，我就担心泽俊。"妈妈说着说着，又晕了过去。

大概舅舅见多了，一点也不手忙脚乱，用手去掐妈妈的人中，掐了好一会儿，妈妈才醒过来。

法官来问可不可以开庭。

大姑和奶奶商量了一下，让律师去撤诉。

法官走了下来，对大家说："这件事你们自己能达成和解，是再好不过的了。但是，有一点请大家注意，孩子未到十八岁，父母对他有抚养的义务。如果父母不在，其他亲属对他有抚养的义务，这是法律的规定，你们一定要处理好孩子以后的生活问题。"

"我们会处理好的。你放心,我们知道国家关心未成年人的权益。"大姑说。

妈妈向奶奶提出要求,说:"妈妈,我想回家住几天,和泽俊住在一起。"

这是多年以来,我第一次听她叫奶奶"妈妈",她原来总是按我的口气叫"奶奶"的。

奶奶马上说"那是你的家,你当初的东西也没人动。你回来吧",虽然口齿不清,却语气亲切,声音温柔。

"我来伺候她吧。"大家这才发现我的外婆也来了,"谢谢你了,亲家母。"

我不明白,妈妈回自己的家,外婆为什么感谢奶奶。

从这天开始,妈妈带着外婆和我一块儿住。

一天,妈妈拉着我的手不放,告诉我,她每次进城看病,都会躲在暗处看我。后来住院,她也常常偷着溜出来看我。有一次,她远远地看见我穿着新校服,和一个男孩子一块儿走。看见我一切正常,她的病都好像轻了许多。我猜想那是参加唱歌比赛之后,因为,唱歌比赛之后我才有新校服。和我在一块儿的一定是宋毅,我从来没和别人一块儿走过。

亲情

我终于明白,不是妈妈不要我,是妈妈不想让我经受痛苦,她一个人承担着苦难。多好的妈妈,跟世界上其他人的妈妈一样,是那样伟大、无私。

妈妈得了绝症的消息传出去了,牵动着好多人的心。家里天天有客人,有妈妈的朋友,过去的同事,他们送来了鲜花、水果、牛奶,好多好多吃的东西。

王老师那天也和几个同学来了,他们像朋友一样围在我的身边,他们的眼神告诉我,他们关心我,为我担心。我突然感到,他们和我是那样亲密无间,我产生了想和他们说话的冲动,但我不知道要说什么,张了几次口,没有发出声音。我想:等妈妈病好了,我上学了,我要天天和他们在一起玩,我再不躲避他们了。

这天,街道办事处的阿姨又来了。她告诉妈妈,街道办事处已经为我申请了低保,手续交上去了,等待公示之后批复。手续办好了,我每个月可以领到生活费,生活就不成问题了。她还承诺,每个学期的学费也不要我们担心,他们会找学校协商,看能不能免费,如果学校不同意免费,他们再另外想办法。他们让妈妈放心,说:"总之,吴泽俊是祖国的花朵,是国家将来的主人,我们会照顾好他的。"

他们这些话是对妈妈说的,要妈妈放心,却让我十分感动，像从黑暗里的胡同里走了出来，突然眼前一亮，而且沐浴在春风里。眼泪不听话地冒了出来，我这才知道，人非常高兴的时候也会哭。

妈妈的脸上露出了笑容，她没有力气，语无伦次，却总是说着感谢话："谢谢！谢谢！感谢你们……"

阿姨说："应该感谢我们的党和政府。我们国家现在富起来了，有能力帮助也必须帮助困难群众。"

我第一次感受到国家的富强与我的切身利益有关，我比任何时候都爱我的祖国。

奶奶有时也坐着轮椅让大姑推着来，送来好多好吃的。可是妈妈已经吃不下什么了，每天只能喝一点点水。

妈妈的病每天都要发作几次，痛得非常厉害，妈妈咬紧牙关，虚汗淋漓，有时还鼻子抽搐，眼睛翻白，得赶快找医生给她注射止痛剂。到后来，注射止痛剂已经不起作用了。

每当妈妈估计剧痛要来了的时候，就把我赶出去，不让我待在她面前，她怕吓着我。

这时，我什么办法也没有，只能在门外放声痛哭，我真恨不得自己代替妈妈生病，替妈妈受折磨。

奶奶现在对妈妈可体贴啦，亲口对外婆说，让舅舅去找最好的医生，没有钱的话，就把房子卖了作治疗费。

外婆说："医生说了，钱再多也没有办法。现在的医学水平对这个病还无能为力。"

站在一旁的我感到现实真残酷，眼睁睁看着自己的亲人一步一步走向死亡却束手无策。我暗暗对自己说，长大了要去当个医生，参加攻克癌症的研究，让世界上的癌症病人得到救治，不受折磨。

妈妈告诉我，是想和我待在一起的信念维系着她的生命，不然，她早走了。为了让她安心地走，那天，奶奶让大姑把二姑三姑找来了，对妈妈说："泽俊是我们吴家的子孙，你病了，他还有三个姑姑，我们大家养他。"

姑姑们也对妈妈表态，一定把我养大成人，请她放心。

妈妈听到她们的承诺，脸上露出了笑容，头一偏，走了，永远离开了我。

妈妈死后，我一连两天，不吃不喝，不说不动，坐在那儿发呆。我伤心极了，妈妈在我的面前闭上了眼睛，再也叫不醒了。我在心里千万遍重复：我没有妈妈了！

心理医生提示：

　　妈妈的出现，让吴泽俊知道妈妈是为了保护他，不让他知道自己得了绝症，怕他痛苦才离开他的。这在某种程度上医治了吴泽俊心理上被人遗弃的伤痛。他不但原谅了妈妈，而且同情妈妈，可怜妈妈。

　　病重的妈妈回家后，得到了社会和家人的关爱。街道办事处根据政策对即将失去母亲的吴泽俊做出了生活安排，让吴泽俊感受到了社会的温暖，他那颗冷漠的心在慢慢地回暖。

　　人们常说：心病还要心药治。吴泽俊的心理障碍是因为得不到爱产生的，爱是医治他心理疾病的良药。妈妈的爱、亲人的支援、街道干部的关心、老师同学的体贴，吴泽俊都看在眼里，他是个思想敏锐的孩子，在感动的同时，能体会得到社会这个大家庭的温暖，接受别人爱，会慢慢回归到正常的成长道路上来。

9 转变

吴泽俊回忆着往下说。

因为家里发生了那么多事,暑假在不知不觉中过完了,开学了。那天宋毅来了,是王老师让他来通知我明天开学的。

开学的第一天,王老师态度严肃地在班会上说:"这次开学,意味着我们进入了一个人生特别重要的阶段,进入了需要大家去拼搏的一年。一年后,大家将完成九年义务教育。那时,摆在大家面前的是一个分水岭,每个人将从这个分水岭走向不同的人生之路。一部分人因为学习成绩优异,会进入高一级学校继续学习,学习三年后再进入培养人才的大摇篮——大学;一部分人会到职业技术学校去学习一技之长，然后服务社会；还有一少部分人可能会直接进入社会。"

王老师的几句话把同学们从暑假的懒散中拉了回来，班上马上形成了一种紧张的学习氛围。

那天，王老师找我谈话。她表扬我上个学期取得的进步，肯定了我的成绩。又给我举了许多逆境成才的例子，鼓励我克服困难，争取更大的进步。

王老师的话句句在理，对刚失去母亲的我来说，无疑是一种安慰，也倍感亲切，让我对老师产生了一种从未有过的依恋。

王老师又交代我，要我有什么事不要藏在心里，信任她的话，可以告诉她，她和我商量着想办法解决。

现在，我精神放松了。妈妈死了，是亲人帮助我料理了妈妈的后事。当我父母双亡，没有人负担我的生活费时，是街道办事处的叔叔阿姨帮我申请了低保。我的三个姑姑每个月凑钱给奶奶治病。开学的第一天，王老师就悄悄通知我，学校免去了我的所有学费和杂费。她之所以没有在班上宣布，就是照顾我的自尊心。在我最痛苦最无助的时候，宋毅常常陪伴在我的身边，其他同学有事没事总和我打招呼，态度热情。

转变

晚上，当我一个人睡在床上思考时，我搞不清楚，过去我怎么就那样浑，看谁都不顺眼，专门找人作对，天天生气，时时精神紧张。

我把我的困惑告诉宋毅，宋毅也想不通。他说："那时候，我们都怕你，因为你动不动就生气，发火，像个炸药包，我们得小心翼翼地接触你，总怕弄不好你什么时候爆炸。"

没想到，几天之后，我又旧病复发，跌入到忧虑之中。

开学之后，同学们都交了学费，缴费处的老师会开一张收款凭证给他们。他们凭这张收款凭证到后勤部的窗口领课本。

我没有缴费，没有这张收款凭证，拿不到书。

老师课堂上一句"打开书到某页"的平常话让我十分不自在。这不单因为我没有书用，还因为顾虑同学们瞧不起我，只要有人用眼睛看我，我就像浑身长了刺一样难受。

我只能抓紧课间的那一点点时间，利用宋毅的书把作业做完。因为时间仓促，所以做得很潦草。回到家里，想预习或复习又没有课本。

星期六，学校不上课，我就去医院看奶奶。奶奶还在打点滴，守候在奶奶身边的是我最不喜欢的三姑。我不想和三姑照面，就退了出来，在大街上游荡。

早几天的好心情跑得无影无踪了，我又烦躁起来。

当我走到新华书店门口时，无意识地向里面探了探头。我知道这儿是买书的地方，从来没人带我到新华书店里面去过。一个年轻人走过来，客气地对我说："买书的吧？请进来吧。"

我懵懵懂懂被他请进了书店，看见大厅里摆着一排排像墙一样高的书，不免惊叹：这么多书呀！这得多少人来写？要写多少年？要多少年才看得完？

一个阿姨看见我愣在那儿，走过来问我："小同学，你要买什么书？你上楼去吧，少儿图书都在二楼。"

我云里雾里随着阿姨指的电梯上了二楼。

楼上和楼下一样有很多书，楼上还有许多孩子，有比我大的，也有和我年龄差不多的。我不买书，不敢轻举妄动，站在那儿观察。看了半天，我弄明白了，这些孩子不全都是来买书的，有一部分是来蹭书看的。那几个坐在墙角的孩子，捧着书看入了神，半天都没有挪动。

我的胆子大起来，也像其他孩子一样到书架上去拿书看。

转变

我看到书架上有一本《初中数学难题解析》的书,想拿下来,可人矮,够不着。这时从后面伸过来一只手,从架上抽下那本书递给我。我回头一看,正是那个叫我上楼的阿姨。

我找了个人少的地方,坐在地上看书。看了一会儿,心想:自己要是把这本书买回家,一边看,一边做练习,那才好。这样,自己的数学水平肯定提高得快,别人做不出的难题,自己能做出来。想到这里,我似乎看到了老师赞赏的目光,同学们羡慕的眼光,有点飘飘然。

我看了看书价,38块6毛钱,太贵了,我没有这么多的钱,我买不起。我捧着书坐在那儿,舍不得还到架子上去。我怀着遗憾和失落的心情离开了新华书店。

我没有马上回家,因为我没有书做作业,就信步在马路上逛。不知不觉夜晚来临了。我们城市的夜景真漂亮,马路两边珍珠一样的吊灯连成串,马路中间来来往往汽车的尾灯排成队,加上各大商店高悬在空中的五彩缤纷的霓虹招牌、广告争奇斗艳,比电视里还好看。可这一切却改变不了我灰暗的心情,我扫了一眼,心想:城市再漂亮与我有什么关系?

我来到百货商场门口,两边的陈列柜里站着几个比真人还高的塑料模特，它们装模作样，摆出各种姿势吸引人们注意，来推荐商品。我从来对穿着没什么兴趣，正要走开，突然发现一个男模特脚上穿了一双李宁牌的运动鞋。我凑近前去，仔细看了看这双鞋。因为有一次邓旺穿了一双这样的鞋到学校里来，跟同学海吹，说这是他舅舅送给他的，要1000多块钱一双。这可真够贵的，吓了我一跳，当时我也想过去看看，到底是什么样的鞋这样值钱。但我没好意思过去，只装作满不在乎地远远瞟了一眼。现在，这个模特脚上穿的，就是这样一双鞋。我看了半天，也看不出什么特别。不过，它既然这样贵，一定有它的长处，肯定穿着特别舒服。怎么舒服？那要自己穿上才会体会得到。我叹了口气，我买不起，也没法体会得到。我要有1000块钱，就去交学费，买下刚才那本《初中数学难题解析》。

　　我继续漫不经心地在街上逛。突然，心中的烦躁使我对周围一切美好的东西产生了憎恨，因为它们全不属于我。我经过烧烤店时，玻璃橱窗里摆的油汪汪、黄灿灿的烤鸡烤鸭烤鹅并不让我产生食欲，却让我火冒三丈，我突然想要捣毁它们。我走了很远的地方，才找到一块砖头，回来蹲在绿化带的黑影里，等到保安走到另一边去了，我举起砖头，砸向玻璃窗。我原以为随着砰的一声，会碎玻璃四溅，橱窗里一片狼藉，那样我才高兴。谁知，砖头被弹了回来，差点砸了我自己的脚。响声引来保安的吆喝声："是谁？抓住他！"我撒腿跑进了一条黑胡同。

我跑进了公共厕所，厕所里没有人，我在水龙头下洗干净了手，又动起了水龙头的主意。我想拧坏它。试了试，才知道那是妄想，龙头比我的手硬，我根本对付不了它。我气不过，不关龙头，让水哗哗地流，扭头就走。我还没出门，从另一个蹲位里走出个人来，对着我的背影说："小朋友，以后要记得关龙头，浪费水可耻。"

当我经过路边的不锈钢垃圾桶时，我想把它推倒，让垃圾撒到路面上，弄脏别人的脚。可是，这个垃圾桶不知是用什么东西固定的，我用尽了全身力气，它纹丝不动。气得我用脚去踢它，踢得它"咚咚"响。一对年轻人经过，其中一个好奇地说："这个孩子怎么跟垃圾桶较上劲了？"

另一个说："精神病。"

我狠狠地瞪了他一眼，对他吐了一口唾沫，骂道："你才是精神病。"

"这孩子真有病，不要招他，走。"

我心里说：现在，我不但有精神病，还是疯子，我要搞破坏，要放火，要炸毁这个世界。

这时，我心里充满了忌妒和悲哀，突然没有了一点力气，简直站不住，要往地上倒。我赶快拖着脚步回家。

推开我家的房门，一股阴冷的风扑面而来，使我不禁打了一个寒战。我忽然感到家里空荡荡的，太大了。我想好好地睡上一觉，也许可以恢复体力。可是怎么也睡不着。再说，床好像太大了，没有安全感。于是，我把冬天的被子抱了出来，放在床的四边，中间只留下能睡一个人的地方，自己躺了下去。还是睡不着。我折腾了一个晚上，快到天亮的时候才睡着。

第二天是星期天，宋毅来了。他说实在不放心我。

我告诉宋毅我不想读书了，想出去打工挣钱。

"你出去打工？"宋毅不相信我。

"是的。"我的回答干脆利落。

"你能干什么？"宋毅怀疑我的能力。

"不知道，什么能挣钱就干什么。"我只好信口开河。

"问题是你什么也干不了。"宋毅提醒我。

"到餐馆里洗碗，端盘子这样的活我总能干。"我反驳说。

宋毅问我为什么会有这样的想法，我告诉他，我没有缴费凭证，拿不到书，我在新华书店看到自己需要的书没钱买。所以，我决定去打工挣钱。

宋毅哑口无言，我们两个人你看着我，我看着你。无话可说。宋毅只好回家。

临走，宋毅抱歉地对我说："我是你的朋友，在你遇到困难时，我却不能为你做点什么，对不起！"说完，他闷闷不乐地走了。

他的话让我很感动，我默默地看着宋毅的背影，突然有一种冲动，想跑过去求宋毅留下来，再陪我说说话，给我出出主意。但我很理智，我恍惚看到宋毅的妈妈对宋毅说：你现在是初三了，马上就要考高中了，时间多宝贵。以后不许你到处乱跑，浪费时间。

晚上，我无所事事，心里苦闷，拿沙袋出气，打得汗流浃背，这时王老师来了，她还带来了一个人，也是女的，年龄比她大不了多少。

我猜想是宋毅告诉了王老师，说我想辍学去打工，不想读书了。王老师这才连夜到我家来劝我。她为什么带一个人来，这我就想不明白，难道她晚上出门害怕，让这个人给她做伴？

王老师见我总是打量她带来的这个人，就介绍说："吴泽俊,你来认识一下这个老师,她是我的师姐,姓何,你以后叫她何老师。她是个心理医生,可以帮助你。"

何老师伸出手来,大方地说:"好帅的孩子!我们今天就算认识了,以后见了面可不要不理我啊。"

这个何老师满脸的笑,她温暖的手软绵绵的,一股热气从她的手心传到我的身上。她的话一下让我从刚才的颓丧中走了出来。

王老师和何老师并没有马上坐下来,她们在房子里到处走走看看,我跟在他们的身后。

王老师指着墙上"知识改变命运"的条幅告诉何老师:"这个孩子比其他学生懂事,那天他问我,怎样才能改变命运,我指着图书馆外墙上的这句格言说'知识改变命运',他就记住了,而且从那以后,学习比以前刻苦了,成绩也有进步。"

何老师说:"响鼓不用重槌,快马不用鞭催。他是聪明人,悟性高,遇事别人指点一下他就懂。"

王老师又说:"而且他认定了的事,就会努力去做。"

何老师说:"这样的人有恒心,有毅力,做事不会虎头蛇尾。不像我那个儿子,做事总是三分钟热度,没有一件事能善始善终,干到底的。"

转变

他们这样表扬我,让我特别不好意思,谁不爱听表扬,就算她们的表扬别人没听见,我也很高兴,心里一下敞亮开来。不过,我又好笑,她们今天来我家是为了唱双簧表扬我吗?

她们坐下来了,王老师终于谈到了正题:"吴泽俊,听宋毅说,你不想读书了,要去打工挣钱。前两天,你不是还好好的吗?为什么呀?"

不出我所料,宋毅这个家伙,又去王老师那儿告状。我没有回答。

王老师又说:"现在不是挺好吗?街道办事处给你申请了低保,三个姑姑负责你奶奶,困难都解决了。那天,我们几个老师还说,要让你到学校食堂搭中餐,早上到早点店去吃,只晚上回来弄点吃的,让你多一点时间搞学习。大家都在动脑筋帮你。你还有什么困难,这时候想出去打工?"

王老师见我还是不说话,又说:"那天校长讲,开学后,要帮你搞一次募捐活动,使你安心读书,再不为生活发愁。"

老师为我考虑得这样周到,让我感激涕零,忍不住流下了眼泪。

何老师说:"吴泽俊,你看,老师对你这样好,像妈妈一样关心你,你有什么心里话不可以对老师说呢?你为什么想起要去打工呢?"

在他们的再三追问下,我告诉他们,我现在还没有领到课本,上课不方便,回家没法做作业。

王老师一下站了起来,说:"是我疏忽了。我以为只要学校免了你的学费就万事大吉,没想到领书这样的小事。其他同学凭缴费凭证领书,你没有缴费凭证,没法领书。明天我就去总务处说明情况。给你把课本领回来。"

王老师又说:"开学工作忙,这几天我晕头转向,你为什么不提醒我呢?"

我心里说:"我不好意思找你,因为我没有缴学费。"

何老师问我:"你是不是不好意思?你是不是总是认为自己家穷,不如别的同学家有钱,连学费都交不起,在同学面前抬不起头,有点自卑?"

这话说到我的心坎上了,我抬起头,看看何老师怎么说。

何老师说:"王老师和我一谈你的情况,我就知道你自卑。你因为爸爸不光彩的死,因为家里穷,因为买不起新玩具,因为没有钱交校服费,你觉得自己比其他同学矮了

转变

一截,和他们说话没有底气,你还怕他们嘲笑你。你敏感,自尊心强,为了不让自尊心受到伤害,你远离同学们,不出现在他们的面前,不让自己成为他们谈话的目标。"

这个何老师,像是钻到我肚子里的蛔虫,什么都知道。比我们王老师还了解我。

何老师继续说:"孩子,老师今天当一回医生,来给你诊断一下你心理上得了什么病好不好?"

我心理上有病?什么叫心理上有病?我好奇地点点头。

何老师说:"你得的这种病叫自卑。你因为家里穷,父母没有其他同学的父母优秀,你总觉得自己不如别人。要命的是,你又聪明、敏感,同学们有意无意的玩笑,你都把它当成是针对你的,于是你经常受伤。受伤后你产生逆反心理,在心里排斥他们,不愿意和他们玩,不愿意他们了解你。"

何老师说得太对了,我问何老师:"这难道是我的错吗?"

何老师认真地说:"没人说这是你的错,但这是你有心理障碍的原因。这病要靠你自己来治,别人帮不了你。"

何老师给我上了一课,直到很晚,王老师爱人打电话来找她,她们才回家。

何老师给我讲课之后，我知道我心理确实不正常，一切痛苦都是由于我过分自卑派生出来的。何老师给我开的处方是树立自信，相信自己，建立强大的精神世界，开阔视野，胸怀坦荡地面对形形色色的问题。

讲老实话，我似懂非懂，好在王老师说她会在旁边提醒我。

临要走了，王老师还问我："明天来上学吗？"

不去读书去干什么？真的去打工吗？那只是我一时冲动乱说的。

这次小考，我只得了92分，落到了班上的十几名。虽然老师不排名次，但我自己心里有数，一直闷闷不乐。

一个双休日，我睡在床上，懒得起来，一直决定不下去不去大姑家看奶奶。因为作业多，如果去看奶奶就会写不完。

这时，宋毅到我家来做作业。他给我的第一印象是没有穿校服，全身上下簇新。他见我好奇地看着他，不好意思地说："昨天我生日，舅舅和姨妈给我买了新衣。他们还在我家，不穿上好像不领情。"

他见我盯着他的脚看，补充说："跟邓旺的那双一样，没什么了不起。"

我知道他故意说没什么了不起,是怕刺激我。可是,和他站在一起,我的衣服又脏又旧,形成强烈的反差。这时,我忘记了何老师说的,不要和别人去比较。我对他说:"没什么了不起,只要1000多块钱。"

"我不知道要多少钱,我没骗你。骗你是小狗。"他好像做错了什么事,低声下气的。

他见我情绪不好,说:"学校已经帮你解决了学费,街道办事处为你申请了低保,你为什么还是高兴不起来?"宋毅带有责备的意思。他边说边从书包里掏出课本和作业本。

"这关你什么事?"我不喜欢别人用这种口气和我说话。

"我是你的好朋友才管你。"他犹豫了一下,看了看我的脸色,指着墙上的条幅,又说,"你想,你如果天天睡懒觉,怎么实现你的理想?"

他这话确实有杀伤力,让我无话可回,我恼羞成怒,爬了起来,向宋毅扑过去,狠狠地推了他一下,宋毅没有提防,连退几步,仰面倒了下去。砰的一声,后脑勺磕在桌子边上。

宋毅的尖叫吓了我一跳,我愣住了,站在那儿半天也没回过神来，等到头脑清醒一些了，我心里说：我又怎么啦？

宋毅跌在地上好一会儿才爬起来，他用手摸了摸头，没有出血，我估计没事，一颗悬着的心才放回肚子里，不吭声，准备和他一块儿做作业。

宋毅反而被我的脸色吓坏了，说："我爸爸上次还表扬你，说你既有长远的奋斗目标，又有近期的规划，一定会成功的。他那样看好你，你却辜负了他对你的期望，动不动就打退堂鼓。"宋毅知道我很看重他爸爸对我的看法。

我坐下来做作业，两个人谁也不说话。

我突然觉得肚子饿，记起没吃早饭，准备去做饭。这时，我看见宋毅皱着眉头，伏在桌子上，就问他："你怎么啦？"

"头有点痛，有点恶心。"宋毅闭着眼睛说。

"是不是你家空调开得太低感冒了，你先到我床上睡一会儿。"我也不在意。

谁知他突然大口大口地呕吐起来。吐完后，他昏头昏脑的样子，我把他扶到床上，给他盖上毛巾被，让他睡。我平时感冒了也是这样，又吐又烧，还想睡觉，挺难受的，好好睡一觉就会舒服一些。宋毅昏沉沉地睡着了，我一边蹑手蹑脚做饭,一边想:"我又犯浑了,忘记了何老师说的,不要什么事情都去和别人比。我刚才又和别人比成绩、和宋毅比鞋子了,真是屡教不改。"

宋毅这一睡就是个把钟头,中间,他又呕吐过一次。我本来准备去姑姑家看奶奶,告诉奶奶,我不需要姑姑的帮助了,政府已经给我安排了生活费,学校免了我的学费。那是多么痛快的事。但想到宋毅病了,不能让他一个人在家,就没有去。到了傍晚,宋毅还睡着不起来。我怕他爸爸妈妈担心,就去叫他,准备送他回去。我去推宋毅,这才发现宋毅的情况不对头,任我怎么叫,他也不醒。好像还在床上拉了大小便,臭烘烘的。我慌了,吓出了一头冷汗。我想把他弄到医院去,可我搬不动他那胖胖的身躯。万般无奈,我只好去告诉他爸爸妈妈。

他爸爸妈妈听我说宋毅病了,乱成一团,马上叫来救护车,把宋毅送到医院去。临走,他爸爸叫我一块儿去医院,说医生可能要询问发病时的情况。

在救护车上,宋毅爸爸听说宋毅呕吐,问在我家吃了什么,是不是食物中毒。我告诉他,宋毅在我家只喝了一杯水,这水我也喝了。

一到医院,宋毅就被推进急救室。我们全被关在外面。

宋毅的妈妈坐在椅子上，眼泪像泉水一样不停地流。他爸爸在走廊上来来回回地走，眼睛一直盯着急救室的门。我知道他们十分焦虑，在拼命控制自己，要不然，他们会放声大哭的。

医生出来了，说宋毅呕吐物的化验出来了，证明不是食物中毒。他又问宋毅的爸爸，宋毅有没有从很高的地方摔下来，或者头碰到什么硬东西上。

宋毅的爸爸用疑问的目光看着我。我结结巴巴说："没，没，没有，绝对没有。"

医生说："经我们检查，病人的后脑颅骨有一处凹陷性骨折，我们怀疑他受了外伤，引起颅内出血。现在，我们准备给病人做CT扫描。"

我的心里打起了鼓：难道是他磕在桌子上磕出了外伤？没有出血呀？我不敢把这件事说出来。

我们站在急救室的外面，医生护士进进出出，虽然他们戴着口罩，没有露出表情，但我从他们匆匆的脚步和焦急的眼神中可以推测，宋毅的情况非常危急。

等到急救室的大门打开，一个医生取下口罩对宋毅的爸爸妈妈说："CT扫描结果出来了，孩子的后脑有外伤，引起颅内出血，大量的血块沉积在颅内，阻碍了血液流通，

转变

导致胸闷，昏睡，大小便失禁，重度昏迷。"

这时，我责怪自己，为什么要推他一下？！我害怕宋毅死，我愿意死一百次，一千次，也不希望宋毅死！

医生告诉宋毅的爸爸妈妈，现在要马上开颅，清除里面的血块，长时间脑缺血，会成为植物人，得赶快签字动手术。

宋毅被送进手术室。这台手术整整做了几个小时，这几个小时里宋毅的爸爸妈妈没吃没喝，不说一句话，焦急地坐在手术室门口。

我也守在手术室门口，良心备受煎熬，我像被放在火炉上烤。

这又是我闯下的大祸。因为我心理不正常，控制不住自己的情绪，引发了这样的恶果。先是因为考试成绩不理想，去和别人比，心情一落千丈，后来看到宋毅穿得漂亮，又忌妒他，发无名火，推了他一下。何老师和王老师多次教育我，不要和别人比较，不要对比你条件好的同学产生忌妒心理，我怎么就改不了呢？！何老师讲的没错，纠正自己的病态心理要靠自己，别人帮不上忙，因为别人不可能总是伴随在你身边，时时刻刻提醒你。

万幸的是，手术很成功，宋毅没有变成植物人。不过，他可能要住很长时间的院，得花一大笔医疗费。"

宋毅脱离危险了，大家的紧张的情绪松弛下来。宋毅的爸爸妈妈追问我宋毅后脑勺的伤是怎么回事。

宋毅的妈妈问我："宋毅头上的外伤是哪来的？自己的孩子什么个性，做妈妈的没有不了解的。宋毅长到十四岁，从未和别的孩子打过架。你是唯一的知情人，你要给我们说明白。"

在悔恨和惭愧的双重压力下，我浑身颤抖，低着头，对着他们双膝跪下，嘶哑着喉咙说："阿姨，我有罪，我该死，你打我吧！"我死死地抱住宋毅妈妈的腿。

宋毅妈妈问："你打了他？"

我把事情的经过告诉他们。

宋毅的爸爸把我拉起来，说："记住，男儿膝下有黄金，不要动不动就下跪。你没有罪，但有过失。而且，你是在无意中犯下的过失。"

我不管这么多，再一次跪下，抬着糊满了泪水鼻涕的脸，说："阿姨，我家还有一所房子，你把它卖了吧，钱给宋毅作医药费。"

宋毅的爸爸说："我们是双职工，只有宋毅这一个孩子，他的医药费我们自己负担得起。你们家困难，就不要你负责任了。"

他妈妈说:"我们曾经给他买了人身保险,保险公司会赔偿一部分。这不是问题。问题是宋毅的健康受到了摧残,还会影响他的学习。"

他们的话更加重了我的负罪感,我站在他们面前惶恐不安,不知所措。

宋毅的爸爸妈妈知道我没有打宋毅,是失手把他推倒之后,对我的态度有些好转。他爸爸埋怨他妈妈说:"我早说过,吴泽俊心理不健康,别让宋毅和吴泽俊来往。是你不以为然,认为吴泽俊可怜,同意宋毅和吴泽俊交朋友,帮帮吴泽俊。没有想到交朋友也会有危险,好心惹出祸来了。"

我无地自容,想:大家都说我心理不正常,我还不肯承认。现在,不但害了自己,还给宋毅造成了伤害。我如果再不改,将来不知道还会发生什么样的事。

回家后,我虽然非常疲倦,却没有一点睡意。躺在床上苦苦思考怎样去纠正自己心理不健康的毛病。

第二天,王老师和何老师又来了。她们来得正是时候,我相信这次我会认真听她们给我上心理课,会认真对待她们的意见。

何老师慢慢地分析我的病因,给我动精神手术:

"吴泽俊,你的生活中是有许多的不幸,你爸爸死得早,你妈妈接着又病逝了。灾难比较集中地降临在你身上。但你要知道,逆境并不是绝境,有人说过:苦难是财富。很多有成就的杰出人物都是从逆境中走出来的,关键是你用什么样的态度来对待逆境,这个态度是指你的心态。心理健康的人会把苦难看成一座山,想方设法全力以赴去翻越它,把它踩在脚下,然后抛在身后。心理不健康的人,就会怨天尤人,产生自卑。你是后一种人,你有极度的自卑情绪。

"你和宋毅是同龄人,你们又在同一个班学习。宋毅生活优越,家庭温馨,事事如意。因为你的心态不正常,宋毅父慈母爱的亲情刺激了你。在你的潜意识里,你忌妒宋毅。你虽然不肯承认,自己也尽量回避,但一到你自己控制不了自己的行为时,这种忌妒就会跑出来,左右你的行为,让你干出一些不理智的事,这次不就是这样吗?你必须承认你除了自卑,还忌妒别人。

"因为你身上存在这两种扭曲的心态,所以你情绪反常,产生仇恨,给自己造成痛苦,生活不幸福,而且你的过激行为还会危害社会。"

要是在从前,我会在心里说何时老师危言耸听,言过其实。现在事实摆在这里，我不得不承认我有心理疾病，而且病得不轻。

何老师接着给我开处方："治疗自卑最好的药就是加强自信心。你对自己要有一个正确的评价。比如说你智商高，反应快。你学习成绩一直是班上的优等。你学习自觉，不用大人督促。你要相信自己，自己很棒，自己和其他同学一样优秀。

"治疗忌妒的药是要让自己胸怀坦荡，眼光远大，不要和别人去比较，不要老用别人的长处和自己的短处比，老是觉得自己家穷。你就没有想过，那些从农村搬进城来的同学，家里连房子都没有，得租房子住，他们会忌妒你家有房子吗？有的同学家买了房子，却月月要还房贷，你见他们叫苦连天吗？你眼睛好，宋毅的眼睛近视，生活中有许多不方便，他向你诉过苦吗？世界上的事物不可能做到人人一个样，家家平均，总会有高有低。假如都像你一样，自己高的地方不觉得，低了就心理不平衡，那你不是自找不痛快吗？"

何老师的话打中了我的要害，让我心服口服。我就是她说的这种人。我想：真的要改，不然，害人害己，贻害无穷。

从此，我按何时老师教我的，总在心里暗示自己：我不比别人差。他能行，我也能行。

我发现，老师也在帮助我。那天上数学课，从来不叫我回答问题的陈老师居然点名叫我上讲台演算题目。我愣住了，想往桌子下面躲。陈老师用鼓励的目光看着我，我突然想起何老师的话，我行，这道题我会做。我战战兢兢走上讲台，认真做了这道题。

也许是我从来没有上过讲台，我走下讲台时同学们拍手欢呼，有的人说："对的，做对了！"

陈老师也一步一步分析了我的演算，然后说："吴泽俊同学这道题不但对了，而且板书工整、干净、漂亮。"

这时，我真的觉得老师对我好，同学们也对我好。我站了起来，对大家深深地鞠了个躬。

那天，李睿带来一个特别小的机器人，下课时放在讲台上玩。这个机器人不但会背古诗，会唱歌，会背数学定律，还能和人对话。

李睿对它说："小胖，你认识我吗？"

机器人小胖回答："我认识你，我的主人，你叫李睿。"

戴靖问它："你认识我吗？"

小胖的眼睛转了转，说："对不起，我们是第一次见面，我不认识你。你能告诉我,你叫什么名字吗?以后我们就是好朋友了。"

邓旺问它:"小胖,你知道数学老师今天会考什么题目吗?"

小胖说:"那我怎么知道,数学老师没有告诉我。他也不会告诉我,怕我泄密。"

小胖机灵的回答引得大家哈哈大笑。

要是在过去,这个机器人不是我的,他们玩得这样高兴,我会心里发酸,忌妒李睿。但现在我不这样想了,这个玩具能让大家快乐,让学习紧张的我们放松精神,这是好事。不要管这个机器人是谁的,只要它能给我们带来欢乐就行。我也跑过去,扒开里层的同学,说:"让我也玩玩。"

有人留出一个位置,说:"让吴泽俊玩玩。"

大家七嘴八舌地喊:"吴泽俊,你对它讲话呀!快点,快点。"

我一时不知道该说什么,有人提醒我:"你就说,我叫吴泽俊,你认识我吗?"

我真的对小胖说:"小胖,我叫吴泽俊,你认识我吗?"

这个小胖真不简单,说:"以前不认识,以后就认识了。你叫吴泽俊。吴泽俊,你好,咱们握握手吧。"

大家起哄:"小胖认识吴泽俊了,小胖认识吴泽俊了。"

欢乐的气氛感染了我,我有了从未有过的感受,我也想和他们一样无忧无虑地跳,口无遮拦地叫,我试着拍了拍李睿,李睿抓住我的手,我们疯成一团。

那天晚上,我回想起白天的欢乐场面,对自己说:"我比以前好了一些,我会成功治好自己的心理疾病的,我会回到班集体中去的。"

其实,现在想起来事情很简单,只要我不胡思乱想,不去钻牛角尖,不产生一些稀奇古怪的想法,一句话,不去找不痛快,就什么事也没有。我没事,班上也没事,老师也轻松。

现在,我和同学们相处得挺好的,没有隔阂。那天,邓旺一不小心把我的作业本弄到地上了,要是从前,我就会认为他是在欺负我,和他纠缠不清,甚至报复他。现在,很简单,他说声:"对不起!"我回答说:"没关系。"自己捡起来,拍拍本子上的灰尘,这事就完了。这不挺好吗?

我牢记何老师的话:自卑是因为你没有自信。忌妒是因为你胸怀狭隘。我总结出医治自己心理问题的药就是:增强自信,放眼世界。

心理医生提示：

　　心理疾病的治疗要靠病人的主动配合。首先，病人要认识到心理不正常的危害性。一个人心理不正常，不但折磨自己，让自己经常陷入痛苦的情绪之中，而且还会影响身边其他人的工作生活。因为人不是生活在真空中，是生活在社会里，和社会上的人，和社会上的事有千丝万缕的联系，不正常就会给别人带来危害。吴泽俊心理不正常，就给他们学校的老师带来了麻烦，给同班同学带来了不愉快，给宋毅带来了伤害。

　　克服不正常的心态，主要靠自己，别人只能给予帮助，给予指导。真正要治疗心理疾病，外因起辅助作用，内因起决定性作用。

　　吴泽俊因为忌妒心理作怪，推了宋毅一下，给宋毅造成了很大的伤害，要不是医院抢救得当，宋毅差点成了植物人。现实教育了他，让他痛定思痛，下决心纠改心理问题。

05 奉献

关于为杨书娴捐献造血干细胞的事,吴泽俊怎么也不肯说。他总是说:"这是我应该做的。再说,要不是找不到合适的配型,情况危急,也轮不到我。"

我只好找王老师,王老师说她了解事情的全过程,还是她来给我讲。

我们班上有个女学生叫杨书娴。这个学生特别文静,平时不大爱活动。和她的性格相称的是她长得白白净净,苗苗条条。

这个学期开学之后,上课时我发现她总是没有精神,有时伏在课桌上听课。我经过她身边的时候,摸了摸她的额头,好像又不发烧,手上有点潮湿的感觉,我认为是出了点汗，问题不大，就没有放在心上。

那天课间操时间，杨书娴旁边的同学不小心手在她脸上碰了一下，谁知她就流鼻血了。我用餐巾纸去帮她擦，擦了又有，擦了又有。我马上带她去医务室，校医用冷水拍她的后颈窝，用湿毛巾敷她的额头，全没有作用，一直止不住血。我只好让她仰着躺在医务室的床上，打电话通知家长，请他们带杨书娴去医院看病。

第二天，杨书娴的妈妈打电话来给她请假。说经过抽血化验，她得的是白血病，暂时上不了学。当我在班上宣布这个事情时，孩子顿时鸦雀无声，人人脸上露出为她担忧的神色。毕竟是中学生了，大家知道白血病是个不好治的病，有学生悄悄告诉其他同学："白血病就是血癌，很难治的。"并且，马上有同学提出来要到医院去看她。

我制止他们的计划，说："你们这时候去，只会给医生添麻烦，还是耐心等候消息吧。"

从那天起，每天晚上，我不管多忙都给杨书娴的妈妈打个电话，询问杨书娴的治疗情况。

从杨书娴妈妈的电话里，我了解杨书娴的病情，然后告诉同学们，让大家别为她担心。

一次，杨书娴的妈妈告诉我，目前治疗白血病的有效办法是给她移植造血干细胞。同学听了很高兴，只要有办法治，这就不算什么。大家议论纷纷，现在是什么年代了，科学这样发达，一定可以想更多的办法。

一次她告诉我，杨书娴是 RH 阴性血型。我问她："这种血型有问题吗？"

她妈妈说："我们平常把这种血型叫作熊猫血，就是说很稀少，一百个人中只有一个人是这种血型。这意味着要找与她血型匹配的人很困难。"

过了几天，她妈妈又告诉我，现在医院正在找与杨书娴血型相匹配的人，动员他献出造血干细胞。听了她这话，我心里七上八下，忐忑不安，她不是说过这种熊猫血很稀少吗？这事只怕有难度。

不幸让我言中，又过了几天，我再和她妈妈通电话，她妈妈说："血库的志愿者名单中只有几个人是 RH 阴性血，他们都来进行过配型，但都不合适。"说完，她急得在电话里哭起来，说："找不到 RH 阴性血型的人，不给书娴移植造血干细胞，她就会死。"

我没把这个情况告诉班上的学生，却向学校做了汇报。校长立即决定，在全校师生中号召，动员是 RH 阴性血型的学生去医院进行配型。

我把这个消息告诉杨书娴的妈妈,她妈妈千恩万谢,哽咽着说:"替我感谢你们学校的老师同学,只要能救活书娴,你们要我怎么做都行。"

我们班上的同学马上从学校广播里,从校门口宣传窗的倡议书上知道了这个消息。马上有两个同学到我这儿报名,说他们是RH阴性血,其中就有吴泽俊。

当我把名单报到学校办公室的时候,有的老师说:"别让吴泽俊去献血。他没有父母,献血后没人帮他调理身体。"

我想他们说得对,这孩子可不像其他学生营养过剩,他不强壮。我就没报他。

结果名单一公布,吴泽俊就到办公室找我了:"王老师,怎么名单上没有我的名字?你太瞧不起我了。难道我是个没感情的人、冷漠的人,同学有困难我都袖手旁观?"

得,又来了。我怕他产生误会,只好把他的名字报了上去。

第二天,学校集合几个RH阴性血的学生去医院做配型。结果出来了,高中部有一个同学匹配成功,初中部有两个同学匹配成功。其中就有吴泽俊,他高兴得跳起来,为自己能给杨书娴捐献造血干细胞、拯救她的生命而高兴。

三个人中，只需要一个捐献造血干细胞。于是老师分头去和家长沟通。

高中部的那个学生家长说什么也不同意自己的孩子捐献，他说："要是在平时，我会支持他献血，这是在做好事，是在拯救一个生命。但现在不行，他是高三生，献血后，身体一时恢复不了，会影响他参加高考。要不，你们再等等，等他高考结束后，马上给这个同学献血。"

老师再三做工作，说血液从静脉引到分流机里，只提取里面的造血干细胞，其余的血液成分全部又输回到本人身体。而需要的造血干细胞只有10克左右。造血干细胞有很强的再生能力，只要输血后补充营养，很快就能恢复。

但这个家长就是一根筋，怎么做工作他都不点头。

另外一个学生晕血，匹配那天当场晕倒了。

只剩下最后一个吴泽俊了。我去他大姑家和他奶奶联系时，他奶奶说："救人一命，胜造七级浮屠。这事应该去。再说，政府、学校、老师、同学对他这样好，他也应该为别人做点贡献。"

就这样，给杨书娴献血的任务就落到了吴泽俊的身上。他好像为这事很高兴，很骄傲，神气起来了，走路时昂首挺胸，脸上带着笑。

宋毅的妈妈提出来，让吴泽俊献血前这几天住到他们家去，让她给他补补。反正，她没上班，在家伺候宋毅。她说："一头牛也是看，两头牛也是看。"我知道吴泽俊住到她家去，要给她增加很多麻烦和不便。

吴泽俊真是变了，和他一说，他就答应了，还说："宋毅妈妈做的菜很好吃，我又可以享受享受了。"

学校为了保证吴泽俊的身体健康，决定让我去医院陪护献血后的吴泽俊。

当吴泽俊献血后从手术室被推出来时，他一点也不矫情，对周围的人说："没事，一点感觉都有。你们放心。"

杨书娴的妈妈伏在他的身上，哭着说："谢谢你，是你救了书娴，我们永远感谢你！"

吴泽俊不好意思地说："阿姨，是医生救了她。我只不过献出了一点点造血干细胞。"他做出一点点的手势。

推着他的医生护士都夸奖他，说他坚强，乐于助人，是个好学生。

我在心里说：他的心理真正健康了，特别是经过这次考验，他会彻底抛弃自卑情绪，会自觉地克制忌妒心理，将来会拥有一个健康的心理，一个健全的人格。你看他笑得多欢，嘴巴扯到耳朵边了。

星期天,学生代表来看望杨书娴和吴泽俊。同学们像对待英雄一样对待吴泽俊。问他献血时痛不痛,问他献血后头晕不晕,问他什么时候回去上课。

邓旺悄悄告诉吴泽俊,说本来吴泽俊身高不够格,班上的篮球队一直不要他,但看见他这次这样勇敢,这样有奉献精神,大家一致同意让他加入球队。他是11号,这是姚明的编号。吴泽俊一听,睁大眼睛看着他,这可是他这几年总是羡慕别人的事。

当邓旺从身后拿出印着鲜红的"11"号的球衣时,他一下从床上跳了下来,扬着球衣说:"我没事了,我现在就要回学校。"他的笑声回荡在空中,感染了周围的人,大家都笑起来。

你看他多有幸福感,笑起来真好看。

心理医生指点:

　　一个人有了心理不健康的现象,要回归到健康的、正常的心理状态上来,不是一句话、一堂课能解决问题的,任重道远。

　　所以,先入为主很重要,它可以事半功倍。一开始就要对孩子进行正确的人生观、价值观、世界观教育，要进行心理辅导，不要等到孩子有了问题再来治。

　　心理教育是摆在我们教育者面前一个重大课题。让社会、学校、家庭共同来营建一个适合孩子成长的环境，让每个孩子都拥有一个高尚的灵魂、一个健康的心理、一个健全的人格。